A MESA DE BERGMANNSTRASSE

© Copyright 2024

Autora: Monica Bokel Conceição
Produção e Coordenação Editorial: Ofício das Palavras
Capa e Diagramação: Estúdio Um Meia Quatro
Foto de capa: Freepik.com

Dados Internacionais de Catalogação na Publicação (CIP)
(eDOC BRASIL, Belo Horizonte/MG)

Conceição, Monica Bokel.

C744m
 A Mesa de Bergmannstrasse / Monica Bokel Conceição.
São José dos Campos, SP: Ofício das Palavras, 2024.

255 p. : 16 x 23 cm

ISBN 978-65-5201-022-3

1. Ficção brasileira. 2. Literatura brasileira – Romance. I. Título.

CDD B869.3

Elaborado por Maurício Amormino Júnior – CRB6/2422

Todos os direitos deste livro são reservados e protegidos pela Lei 9.610 de 19.02.1998. Nenhuma parte deste material poderá ser reproduzida ou transmitida sem autorização prévia da autora.

A MESA DE BERGMANNSTRASSE

MONICA BOKEL CONCEIÇÃO

Ofício das Palavras
literatura a quatro mãos

À medida que os sentidos avançam e se desencadeiam numa direção, o amor verdadeiro exaure e retira-se. Quanto mais os sentidos se tornam pródigos e fáceis, mais o amor se contém, empobrece ou se torna avaro.

Charles Augustin Sainte-Beuve

AGRADECIMENTOS

A Marco Antônio Guerra meu professor de história, literatura e cinema. Meu maior incentivador e amigo.

A todos aqueles que perderam seus entes queridos nas guerras vítimas de inúmeras atrocidades.

Às mulheres que lutam pela liberdade da alma, de pensar, respirar e ser!

A todos aqueles que sucumbem à dor de seu elo perdido.

Meu especial agradecimento por nos fazerem mais fortes e conscientes de que não somos nada diante de suas tristezas.

SUMÁRIO

SOZINHA 11

PARTE UM 13

    BERLIM, 2011 15

    CAZAQUISTÃO, 2008 37

    BERLIM, 2009 46

    FILHOS 53

    ENCANTADO 58

    BERLIM, 2011 69

    POINT PELEE, ONTÁRIO, 2011 72

    OS PÁSSAROS 80

    O ADVOGADO 95

    BERLIM, 2011 97

    POINT PELEE, ONTÁRIO, 2011 139

    BERLIM, 2011 143

    O TEMOR 152

    O PASSEIO 158

    INESPERADO 168

    A INVESTIGAÇÃO 173

    A DECISÃO 175

PARTE DOIS 179

    POINT PELEE – A VERDADE 183

    A FAMÍLIA DE ITKUL 185

    CELI 187

    O DESPERTAR 192

    O CONVITE 195

    O FUTURO 198

    O PASSADO 199

    O CASAL MORTO 204

    RALF 205

    O RETORNO 217

    A SIRENE 219

    O AMOR 222

    O PERDÃO 227

    MATERNIDADE 231

    ESCOLHAS 234

    NO CANADÁ 241

    A CASA 243

    CHEGADA 251

    NOTA 255

SOZINHA

Estou sozinha entre minhas paredes,
Dialogo com os meus espíritos.
Quantas almas existem dentro de mim!
Numerosas caras transitam pela intuição.
Alerta, guardo na mente inúmeras feições.
A paixão move e desperta freios e concessões
De expor à carne,
Que tudo sente
Que tudo questiona, exigente!
Corpos estanques em fina sintonia.

Para as delícias humanas dos relacionamentos,
Contidas em letras de pierrô,
Em versos de colombinas,
Passado o tempo, ainda existem fomentos.
Muitos jardins cultivados, não descritos,
Tampouco sentidos: editados.
Inúmeras alamedas de versos bandidos,
Carentes decisões banidas
Ainda impressionam
Paixões das almas carentes
De tantas formas de gente.
Envolvida num espírito,
Minha evolução questiona:

Se somos todos, quanta gente!

PARTE UM

BERLIM
2011

    Sentei-me junto a ela acariciando a madeira de cerne distinto em tom caramelo. Queria poder ouvir tudo o que ela dizia. Meus dedos delicadamente percebiam a idade nos raios bem-marcados. Quantas impressões lavradas por um delicado cinzel. Não eram poucas as reentrâncias dos poros, dos desenhos em flor daquela peça maciça de carvalho. Os anéis moravam ali há muito tempo, compondo histórias de recomeços e separações. A textura não uniforme, como a própria alma, aspergia tanino sobre minha curiosa carne. Perguntei ao dono do antiquário:

– Está à venda?

Levantou os olhos para responder, traído pela respiração ofegante. Suava a engomada camisa, e a testa brilhava. Pude ver algumas gotas escuras que desciam pelas enormes suíças, que escondiam anosas orelhas. Seu nariz aquilino encostava nos seus finos lábios.

– Ainda não decidi o preço.

– Posso esperar alguns dias.

– A senhora não iria gostar de ter uma velharia como essa em sua casa.

– É exatamente do que gostei. Por ela ser velha.

– Diferente de outros que aqui estiveram, desejam as antigas e com estilo.

– Não me importo, quero poder passar a mão nessa madeira. É disso que eu gosto.

– Não tenho intenção de vender!
– Por que o senhor mudou de opinião?
– Pertenceu a minha família, faz parte de uma história.
– Se está na sua loja, eu tenho certeza de que o senhor gostaria de efetuar a venda.
– A senhora me parece uma pessoa educada. Não sei se tem dinheiro suficiente para comprar a mesa.
– O senhor é bastante grosseiro e, ademais, como pode saber se tenho dinheiro ou não? Considero o seu argumento preconceituoso.
– Não vamos criar um caso.
– Pouco o conheço para me fazer tal afirmação.
– Ter dinheiro não basta para levar a minha mesa.
– O que o senhor acredita ser importante para adquirir sua mesa?
– Primeiro é preciso se enamorar dela, depois ter a certeza de que jamais irá vendê-la.
– Essa certeza eu não posso dar. As coisas passam, assim como as nossas dificuldades!

Pensei, por um instante, estar falando com algum ser mítico, quase me belisquei para saber se era realidade.

– Vejo que tenho uma compradora enigmática.
– Tal qual o senhor!
– Estou começando a gostar da conversa. Qual o seu nome?
– Não interessa. Pode me chamar de senhora, já basta.
– Muito bem, se assim for, vamos lá. A mesa tem história. Volte outro dia, quem sabe estarei mais disposto.
– O senhor não se sente bem?
– Vejo que se preocupa com as pessoas.
– Pelo menos, gosto de gente.

– Outro quesito importante: muitos já se sentaram aqui! – Falou bem próximo à mesa.

Os dentes do *viking* à frente eram amarelos, quase ocres. Entendi que só podiam ser pela enorme quantidade de guimbas de cigarro depositadas no cinzeiro da mesa. A barriga o fazia pender para frente, calça bege claro, bastante larga para que pudesse preencher o espaço vazio das pernas, cinto preto gasto e um pequeno colete de couro marrom com gola de pele, que quase se juntava às suíças, assemelhando-se a um guerreiro da mitologia nórdica.

– Essa mesa é da região da Normandia?

– Qual o interesse pela região?

– Sua aparência! O senhor parece um *viking*.

– A senhora está enganada. Sou judeu!

– Mais se parece com um guerreiro antigo.

O *viking* sorriu com os olhos e com a vaidade.

– Conhece a região?

– Não! – Respondi lacônica, esperando a próxima pergunta, que não veio. Desviei minha atenção para a mesa, alisei a brilhante madeira e cheirei meus dedos. Senti um leve aroma de mel.

– O senhor gosta de mel?

Não houve resposta, voltei a perguntar.

– Como posso chamá-lo?

– Sacha – falou ainda de costas para mim.

– Apelido?

– Não, escolha. Vamos ao que interessa, preciso trabalhar.

– Estou pronta para ouvir a oferta.

– Não existe oferta. Vou fazer uma proposta, depois a senhora decide como pagar ou se ainda vai querer ficar

17

com a mesa. Minha proposta é longa e bastante complicada, nela reside um pouco de paciência da sua parte. E o mais importante: atenção e discrição.
– Podemos nos sentar?
– Por que preciso ser discreta?
– Para não revelar os segredos da minha família.
– São muitos?
– Muitos dos parentes se perderam em conversas, muitas mulheres enlouqueceram, a mesa sobreviveu a uma guerra, e muita comida faltou para acalmar os maus humores de vários deles.
– Você só falou de coisas ruins.
– São mais fáceis de serem aceitas e compreendidas. As que falam de felicidade causam inveja e desilusão.
– Vamos lá, estou pronta.
– Mora em Berlim?
– Moro. É suficiente para o senhor me aceitar como uma possível compradora?
O homem atiçava minha vontade com suas recusas e perguntas.
– Podemos começar pelo ano de 1862.
– Ela é tão antiga assim?
– Minha mesa virou uma entidade há muitos anos.
– Entendo... Por onde começamos?
– Pelo começo. – Sacha se levantou, cerrou a porta da loja e colocou a placa de *fechado*.
Assustei-me um pouco, mas seu andar era vagaroso e parecia carregar nas costas, com cifose, um baú de memórias.
– Volto logo!
Dediquei aqueles instantes a observar o restante da loja de antiguidades. A luz era escassa, vinda de alguns

abajures de diferentes tipos, de porcelana, metal ou vidro, colocados sobre mesinhas. A poltrona em que Sacha se sentava exibia a degradação do veludo mostarda, os braços gastos no mesmo lugar, como um velho urso de pelo ralo. Pude notar um brasão puído bordado em seu encosto: uma coroa baixa, por pertencer a algum nobre, linhas em diagonal mudando de posição, e os pontos do bordado, segundo as regras da heráldica. Não consegui entender se o resto eram armas, flores ou águias. Bem acima do encosto, pendurada à parede, uma espada, com o cabo igualmente brasonado. Ao lado, um quadro em preto e branco, representando a Guerra dos Ducados do Elba: soldados de elmo, com penachos e dragões, vários alamares no peito para fechar o casaco, calça bombacha, botas altas, e capas grossas para combater o frio. Sobre o vidro, um papel: "Meu bisavô Otto, em 1866, partindo para a Guerra Austro-Prussiana". O interesse aumentava à medida que me deparava com as anotações abaixo dos quadros. O tilintar de cristal me distraiu, um pequeno arco-íris passou pelo vidro do quadro seguinte. Pensei ser um ligeiro vento, mas não havia porta aberta. Mirei o quadro de um duelo, com um dos homens caído e mortalmente ferido. Abaixo estava escrito: "Hermann, um amigo de meu pai, homônimo do pintor Herrmann Wendroth, um mercenário contratado pelo governo brasileiro para lutar no sul do Brasil, na Guerra contra Oribe e Rosas, em 1851. Ao lado, uma pintura com a paisagem de uma praia desse mesmo artista. O seguinte era o retrato de uma bela mulher, cabelos pretos brilhantes, um pequeno fio prateado usado como tiara para emoldurar o coque baixo, roupa decotada e brilhante. Seu olhar firme e profundo. Ah, eu poderia ficar por horas tentando adivinhar a vida daquelas pessoas! Na parede não havia espaço para um alfinete, entre as aquarelas, gravuras e óleos que ali aguardavam para serem pinçados de suas orfandades momentâneas para outros lares. Conjecturei que poderiam fazer parte de uma galeria da casa de algum novo rico, com seus falsos antepassados. O que mais me chamou atenção foi uma fotografia, com forte contraste na impressão, de um homem com cabelos e bigode brancos e revoltos, empunhando um rifle, a outra mão na cintura, apoiando o pé sobre um enorme leão de juba preta, morto com a língua de fora. Aparentava ser de um grande caçador, pela postura de coragem e orgulho com que posou junto a nativos africanos de peito nu. Ao seu lado, uma mulher negra e esguia, enrolada numa roupa branca exuberante. Abaixo estava escrito: África, Sudão, 1890. Logo a seguir, o mesmo homem em outra foto levantava a mandíbula de um gigantesco crocodilo morto. Abaixo: Egito, Rio Nilo, 1893.

 Virei minha cabeça para o barulho seco e arrastado dos pés do antiquário. Fiquei exatamente onde estava para não perder para a desatenção, minhas quimeras.

 – Senhora! Estou de volta. – A voz era grave e sem afetação. Trazia um livro volumoso de capa de camurça bege, manchada, lavrado com filetes de ouro e fotos que saíam para fora das páginas como se tivessem vida própria. Sentou-se lentamente, colocou o pesado livro sobre a escrivaninha lotada de papeis, com uma pequena pausa respirando pela boca. – Gostaria que conhecesse um pouco da história da mesa antes de começarmos a conversar. A senhora pode se sentar ao meu lado.

– Claro, mas não tenho muito tempo para me ausentar.
– Como preferir. Podemos começar?
– Claro, aviso quando precisar sair.

Sacha abriu o livro manuseado ao pé da página. Sua mão tremia e parecia emocionado. Tentei ler as anotações, mas foi quase impossível. Escrito à tinta, numa letra garrancho, desisti e pacientemente me coloquei à disposição. O antiquário tomou um gole de um líquido colorido de verde céladon e opaco, que pensei ser absinto. Certo desconforto tomou passageiramente meus sentidos por todas as histórias que já ouvira sobre a terrível bebida. Logo as recordações foram interrompidas quando ele apontou uma gravura com um soldado usando um uniforme escuro, com um capacete de pele ornado por uma caveira e dois ossos cruzados. Lembrei-me de ter estudado sobre isso na escola: era o uniforme dos hussardos, que depois teve seus símbolos aproveitados pelo nazismo, no século XX.

– Meu bisavô Otto, era prussiano e, desde muito cedo, se alistou na cavalaria dos hussardos. Eram temidos por serem aguerridos nas batalhas. Viveu na época do Império e do luxo na Prússia. Muitos entre eles sentiam-se honrados em participar desse regimento de cavalaria e combater na Guerra dos Ducados, ao contrário de meu bisavô, que se apaixonou perdidamente por uma moça que sonhava se tornar uma bailarina famosa e dançar como a austríaca Fanny Elssler ou a italiana Marie Taglioni. A mulher por quem meu bisavô se apaixonou era austríaca e seu nome era Chloé. Apontou a gravura de uma moça em posição contrita, cabeça inclinada, com uma roupa enfeitada com flores, graciosamente, sustentava-se sobre as pontas dos pés.

– Como foi que ele a conheceu?

– Sua família era pobre e o pai trabalhava como coveiro para que ela pudesse estudar. Seu desejo maior era ir para a Escola Imperial de Varsóvia e poder um dia dançar "Giselle". Ele a conheceu dançando, não sei se poderia dizer num cabaré, mas era parecido com os que apareceram em Paris, no fim do século XIX, como o "Le Chat Noir", onde se reuniam músicos, pintores, escritores, e todo tipo de gente, quando debilitada, desmaiou de fome em seu colo. Seus pés sangravam. Diante do susto inesperado, prometeu ajudá-la, e logo se apaixonou por sua delicadeza e docilidade contra qualquer opinião que pudessem ter a respeito da bailarina.

– Que romântico! Uma vez, li um livro de Conan Doyle, e um dos seus personagens era um brigadeiro hussardo. Diziam que eram terríveis, mas que as mulheres se viam enfeitiçadas por sua coragem.

– Meu avô contava que ele demorou a se declarar. Acabaram se casando e meu bisavô, por meio de seus conhecidos, conseguiu que ela fosse estudar em Varsóvia.

Sacha parou de falar. Pude ouvir alguém batendo insistentemente na porta. Fez sinal para que nos calássemos. Apagou a luz do abajur de porcelana azul ao lado e fechou o livro na primeira página. Escutamos o som de vidro quebrado. Sacha pediu que eu saísse e apontou uma cortina ao final da parede à esquerda, próxima de onde estávamos sentados. Não perguntei nada, calmamente me levantei, peguei a bolsa e me escondi. Senti seu nervoso quando ele colocou o livro embaixo da cadeira. Ouvi a voz de uma mulher.

– Não temos tempo para favores, sabemos exatamente o que tem feito e da próxima vez que soubermos que tem vendido objetos que nos pertencem, faremos o prometido. Este é nosso último aviso. Vamos embora!

Esperei alguns minutos em silêncio para que saíssem. Uma música encheu meus sentidos de harmonia e reconhecimento. Lembrei-me de ter escutado essa melodia num concerto no Teatro Municipal do Rio de Janeiro. Abri a cortina e vi Sacha dedilhando delicadamente as cordas de um *cello*, executando "O Cisne", de Saint Saens. Procurei não fazer barulho para que ele não parasse de tocar. Minha garganta fechou pela emoção que senti ao ver aquele homem curvado sobre cordas. Amorosamente ele conversava com a música, que, aos poucos, foi enchendo o lugar de poesia e transformação. Ele pareceu entender que eu tinha saído do esconderijo, porém não levantou a cabeça para esclarecer o que tinha acontecido. Entendi que era hora de ir. Tive vontade de continuar a ouvir a música, mas alcancei a porta sem me despedir, com a certeza de que voltaria.

Andei lenta e silenciosamente, envolta numa nuvem de curiosidade melódica. A tristeza daquele homem era notória – tive vontade de chorar. Ultimamente, o que desanuviava minha cabeça era passar sem rumo pelas ruas de Berlim, observando impressionada a força especial de seu povo para a reconstrução da cidade, que guardava atrocidades e poder descomunal. Não sei por que senti vontade de abrir meu coração com Sacha – não fazia muito tempo que minha vida tinha virado de cabeça para baixo. O pensamento escapuliu, e pude notar que, depois de andar uns quarteirões, avistei o lugar que ultimamente me fazia pensar com tranquilidade. Era uma pequena casa de chá, que parecia muito antiga. Abri a porta, e o cheiro de maçã no ar. Procurei uma mesa no canto. Sentei-me na cadeira de medalhão estilo inglês, forrada com tecido floral diferente do assento, em veludo cotelê verde. As paredes eram verdes de seda adamascada, e o balcão onde estava o caixa, de madeira escura entalhada com flores e arabescos. A dona atendia aos clientes na hora da cobrança – concluí ser ela, pois todos a chamavam de Oma –, era gentil, apesar de nunca rir mostrando os dentes, e sempre me parecia enigmática. As vitrines eram modernas com pratos de vidros de pé alto, e todos os bolos eram apetitosos. Escolhi a torta da Oma, claro que de maçã, acompanhada de uma bola de chantili, que derretia sobre a massa quente. Afoguei minha ansiedade pensando na insanidade dos últimos tempos, no meu marido, no Diogo e na Mariana, meus filhos queridos, que tinham ficado todos no Brasil. Fixei-me naquela guloseima, que me fez gemer e minhas lágrimas escorrerem, atordoada por como consegui me fazer passar por uma pessoa que eu não era e pela coragem que tive em abandonar minha vida! Fazia um bom tempo que não tinha notícias da família. A garçonete se aproximou para perguntar se desejava mais alguma coisa. Balancei a cabeça de boca cheia, quase arrependida por me privar de mais um pedaço de torta. Viver na Alemanha nunca foi um desejo, principalmente em Berlim. Não demoraria muito, estaria de volta ao lar, apesar da perspectiva sombria de que nada seria como antes.

Tomei um gole de café e, sem a menor culpa, pedi outro pedaço de bolo, dessa vez de chocolate. O som do *cello* de Sacha batia no meu coração, e as imagens dos quadros que enfeitiçavam as paredes do antiquário despertaram novamente minha curiosidade. Voltaria ao antiquário, mas só depois de acolher minha culpa entre mais uma xícara de café e uma mordida no bolo. Distraída olhando o vazio à frente, notei um casal que me chamou atenção: o homem com a *lahia*[1] comprida para identificá-lo como filho do Islã, na cabeça usava um *taqiyah*[2] bordado em turquesa e preto, e vestia uma *jalabiya*[3] longa e branca, e a mulher andando atrás do marido, em sinal de submissão, vestida com uma *abaya*[4] preta, a cabeça coberta com um *hijab*[5] turquesa, puxado em volta do queixo, e um *taquia*[6] sobre a testa, dando a ilusão de um rosto oval.

A cena tirou-me do limbo. Roberta, minha filha mais velha, compromissada e esperando a complacência de Alá, vivia de acordo com os princípios muçulmanos e sob o mesmo teto que Itkul. Era melhor não pensar sobre o que a envolvia ao homem e seu jeito rude de falar. Roberta sempre fora independente, nunca se curvara a nenhuma religião. Não mais a reconhecia nem jamais entenderia o que estava fazendo a si. Engravidou do terceiro filho depois de quase ter morrido em seu último parto por ser diabética. Peguei a xícara de café para o gole final, num

---

1. barba
2. chapéu barrete
3. túnica masculina
4. túnica feminina
5. véu
6. faixa preta

verdadeiro desastre! Derrubei o líquido preto na perna e gritei ao queimar minha pele. Lágrimas contidas deram um nó na garganta cheia de chocolate, num contrassenso que até o mais distraído riria da cena! Desandei a soluçar engasgada, pensando que poderia ficar para sempre naquele estado engolfado de tristeza e desespero por falta de ar nos pulmões. A garçonete foi rápida e me deu um tranco nas costas, fazendo desentalar o delicioso e acariciante bolo. Tentei me recompor indo à toalete e, ao sair, esbarrei numa moça de cabelos ruivos, que pediu desculpas e segurou minha mão. Olhei espantada, não era dada a toques afetivos, principalmente de uma estranha.

– Não fique assim, não há nada neste mundo que nos faça perder a esperança. Você me parece uma pessoa de bem com a vida. – Abriu um sorriso esticando a mão para se apresentar. – Meu nome é Rose.

– O meu é Rute. Obrigada pela consideração.

– Nem sempre podemos escolher a pessoa tampouco nos aproximarmos de alguém sem causar estranheza – disse a moça de cabelos cor de cobre.

– Deseja alguma coisa?

– Trabalho com pessoas de todos os tipos, conheço quem tem uma boa energia, e creia-me: a sua é muito sincera. Fique com o meu cartão, se precisar estou à sua disposição.

– Obrigada – agradeci sem entusiasmo.

Pensei tratar-se de mais uma daquelas oportunistas.

– Nunca pense assim, pode estar desperdiçando uma oportunidade. – A ruiva respondeu tranquilamente me olhando com firmeza.

– Desculpe!

Totalmente desconcertada, agradeci com a cabeça sem nada dizer. Vi que a ruiva se dirigiu à saída.

* * * * *

Desde que saí do Brasil tenho me virado de um emprego para o outro, fazendo bico de faxineira. Minha antiga sogra tem sido generosa, mas vejo que não tem intenção de sustentar Roberta por muito tempo, já gastou uma quantia razoável com advogados, está velha e mal pode andar. Meu ex-marido, pai da Roberta, não quer saber da filha nem dos netos – os dois brigaram e há muito não se falam.

Meu tempo na Alemanha se esgotava. As autoridades não brincavam em serviço, prometeram que o filho mais velho da Roberta voltaria para casa da mãe em breve. A disputa tem sido dolorosa, e fico imaginando Malik sendo criado por pessoas desconhecidas decididas pelo Estado, já que o pai do menino e primeiro marido de Roberta está inválido. Só posso acreditar que foi o mandado de prisão que colocou Roberta em estado de desespero, pressupondo que o xador daria proteção religiosa a ela e aos filhos.

Olhando-me no espelho depois de lavar o rosto e passar uma escova no cabelo, fiquei um pouco mais apresentável. Queria pagar a conta que já havia sido paga. Baixei a cabeça em sinal de agradecimento à ruiva e saí.

O bafo gelado me animou, mantive o passo constante. O telefone tocou. Era Mirella, amiga de muitos anos.

– Tudo arranjado! Uma moça ruiva vai entrar em contato na hora certa. O nome dela é Rose.

Minhas pernas bambearam ao ouvir as palavras de Mirella.

– Acabei de encontrar! – Ela me deu um cartão. – Mirella, nós não estamos prontas, Roberta ainda está relutante.

– Você precisa convencer sua filha!

– Quem me dera eu tivesse esse poder.

– Você tem pouco tempo. Logo as crianças ficarão com o Estado até que tudo se esclareça. Ainda paira uma grave acusação sobre a Roberta e o novo marido.

– Alô, alô!

A ligação tinha caído. Não consegui retomar o sinal.

A música tocada por Sacha mais uma vez tomou meus ouvidos. Decidi voltar ao antiquário. Não havia nada a fazer naquele momento, só esperar.

Meus pés batiam firmemente na calçada, e o som me levou ao passado, quando corri com Roberta nos braços à procura de um táxi que nos levasse ao hospital mais próximo ao ver minha filha de seis anos desmaiada, completamente ausente – estava em coma! Quase se foi, não fosse um bom homem que, ao ver meu desespero, nos deu carona até o hospital mais próximo.

Ela ficou internada por vários dias. Foi quando tive certeza do grande erro que tinha cometido ao me casar com o Klaus – maldita cabeça da juventude! Jamais daria certo, eu não tenho o perfil do povo europeu, ainda mais o do alemão. Sou latina até a raiz dos cabelos, choro, grito, amo intensamente, falo sem parar. Gosto de barulho e manifestações amorosas. Pergunto-me todos os dias onde estavam os meus pais quando decidi casar e ir morar na Alemanha.

Nunca deveria ter ficado grávida, e o pior foi não ter tido a coragem de contar para meu segundo marido sobre minha vida antes do nosso casamento. Ele nunca me perdoou... Seus ciúmes sempre foram quietos, e intensos, quem sabe por sua profissão – calma, cautela e persistência como seu didatismo de professor. Mesmo assim, eu ainda o amo. Vai levar tempo.

Ouvi uma buzina forte logo que deixei a saída do metrô vindo de *Neukölln*, o bairro turco onde estou morando em Berlim. Dei um salto para trás – por pouco, não fui atropelada. A mulher que dirigia o Mercedes-Benz branco último tipo gesticulou raivosa. Respirei fundo e agradeci a Deus por não ter sido dessa vez que morreria por pura distração. Passado o susto, senti o frio intenso, fechei a gola do casaco – o Inverno chegou mais rápido do que tinha imaginado.

O antiquário ficava numa das ruas próximas às vitrines coloridas da *Bergmannstrasse*, uma das ruas mais lindas de Berlim. A placa de *fechado* tinha sumido. Tomei coragem e entrei novamente no lugar quente cheirando a velharia, como se as poeiras históricas hidratassem o ar de minhas lembranças.

– Ah! É você! Vejo que não desistiu.

– Por que deveria? Se não for pela mesa, pode ser pelo que começou a me contar. Quem sabe preciso de alguns conselhos.

– Não sou homem de dar conselhos. Se assim fosse, minha vida estaria resolvida.

– Quando temos a oportunidade de ver as coisas sob outro prisma, fica mais fácil.

– Odeio a ideia de ajudar, pelo simples fato de que não sou ninguém tampouco tenho o coração amoroso, ou intuitivo – pieguices. Não tenho filhos e, por escolha, nunca me casei. Tudo isso é uma tremenda perda de tempo. Odeio crianças que choram na rua.

– Não pensei que pudesse existir uma pessoa assim – falei da boca para fora, querendo ver o impacto que causaria.

– Perdão, sorrisos, bondades são gestos dos quais as almas fazem parte de um mecanismo de confusão e distração. Somos apenas carne num corpo cheio de ossos que procura não morrer sob cada impacto que o dia a dia promove. Deuses, poetas, belas sacerdotisas do amor e delícias não são verdadeiros, são artifícios, idiotices de pessoas tolas.

– E por que é tão importante eu saber sobre essa mesa, se não acredita nas pessoas?

– O passado é o passado, o mundo não vale nada, e atualmente a única coisa que realmente importa é a sabedoria.

– Pensei que a sabedoria fosse recheada de bons e puros sentimentos, a sabedoria madura que tudo compreende e aceita. Não vivemos sozinhos, então é melhor que seja pela liberdade! – Falei energicamente e sem entender o que me levava àquela conversa louca.

Sacha me olhou com ar de desdém e não disse nada – tinha marcado um ponto com ele. Ficou em silêncio mexendo em suas coisas. Levantou a cabeça e me perguntou:

– O que, de fato, deseja?

– Ouvir suas histórias.

– Você disse que seu tempo é curto.

– Neste momento, meu tempo não depende de mim.

– Quer ouvir a história da mesa? – Tocou levemente meu braço, parecia mais à vontade com a minha presença.

– Posso me sentar ao seu lado? – Perguntei cerimoniosa.
– Se tivermos de nos esconder de novo, eu aviso.
Senti que sua voz baixou para um tom mais acolhedor. Pegou o livro e abriu na primeira página para continuar.
– Meu bisavô, como outros tantos de sua época, tinha puras ilusões românticas pelas bailarinas e por tudo o que o balé criava, com suas histórias e cenários. A figura etérea da bailarina despertava paixões a ponto de nobres se casarem com essas deusas. Chloé parecia apaixonada por ele. Com o empenho dele, Chloé conseguiu fazer parte de algumas montagens memoráveis de Jules Perrot, mas nunca se destacou. E quando possível, fazia todas as suas vontades na esperança de que ela lhe desse um filho, mas ela parecia não se importar, comia pouco, sua saúde era bastante frágil. Ela implorou que passassem uma temporada em Milão, gostaria de conhecer o grande mestre e coreógrafo Carlo Blasis, quando, nesse ano, ele foi convocado para a Guerra dos Ducados do Elba. Ao voltar, consentiu em fazer a vontade da esposa e a mandou para Milão, com a mãe, para que pudesse ter a chance de encontrá-las, o que foi impossível – a Prússia passava por um período de grandes mudanças, e, alguns anos antes, Napoleão Bonaparte já havia derrotado o exército prussiano; depois veio a união das igrejas, depois, com a Guerra Austro-Prussiana, Bismarck estabeleceu as Confederações Norte e Sul da Alemanha, depois, a nova constituição. Meu bisavô não deixaria a Prússia tão cedo.
Chloé tentou ser aceita na escola de teatro e balé do Scala, de Milão, quando descobriu que estava grávida. Desesperada, trancou-se no quarto, saía somente por al-

gumas horas por insistência da mãe, e acabou por morrer de desgosto logo após o nascimento da filha, que batizou Marie Fanny. A menina já tinha feito um ano quando meu bisavô mandou a avó trazê-la para ser criada junto dele.

A despeito de tudo, pouco depois, ele se casou novamente com uma moça nobre, que se tornara pianista. Foi muito feliz, mas nunca esqueceu Chloé. Teve uma filha com Charlotte, antes de ser ferido gravemente na Guerra Franco-Prussiana – sua perna gangrenou. Já aposentado, foi morar perto da Floresta Negra, com a família. Foi lá onde tudo começou!

– Que história romântica e trágica! Como sabe de tudo? São muitas memórias.

– Tornou-se um homem letrado, passou a escrever. Tenho um caderno, com suas anotações, que ficou durante anos escondido. Guardei essa carta que ele escreveu para a segunda mulher, Charlotte, logo que a viu tocar pela primeira vez. Quer ler?

– Adoraria!

– Estou um pouco cansado, mas tenho várias cópias, entrego aos casais que vêm à procura de novidades.

Olhei para ele pensando como poderia se tratar da mesma pessoa que me disse não acreditar em mais nada. Meu telefone tocou, era Roberta.

– Um momento, preciso me despedir de alguém, já falo com você, minha filha.

– Não sabia que tinha uma filha. Espere um momento, vou pegar o que prometi. – Virou as costas, foi até uma cômoda atrás dele, um móvel francês entalhado em marchetaria e puxadores de bronze dourado em estilo bombê. Entregou a folha com a carta e esticou a mão para se despedir.

Fui arrancada das divagações ao toque de sua mão, quando ouvi que a Roberta gritava ao telefone. Pisquei para Sacha e saí.

– Estou exausta! Celi não para; eu preciso que venha até aqui! – Seu tom era imperativo e estressado. A aspereza na voz de Roberta logo me fez entender um pouco suas emoções. Sempre foi amável e divertida. Nunca conseguiu ficar magra como sonhava, e seu cabelo quase louro, escasso e curto a deixava como um anjo barroco. Quando pequena, era uma boneca, e, com o passar dos anos, mudou o suficiente para ter certeza de que se parecia com a avó paterna, Gertrude. Seus dentes eram perfeitos e muito brancos, uma covinha do lado direito lhe dava um ar de menina sapeca quando ria – era o que conquistava os que a conheciam. Cada vez que a vejo sorrir fico pensando como pude abdicar dessa filha.

– Mãe! Ainda está aí?

– Onde poderia estar? – Amansei a voz ao ouvi-la me chamando de mãe, que nunca fui para ela. – Filha, continuo esperando por sua resposta que não chega nunca. – Falei docemente para dar aconchego.

– Já avisei que a privacidade das decisões é minha, e você não pode interferir. Esclarecendo o que já falei, Itkul é contra qualquer tipo de movimento envolvendo a família dele.

– É o seu segundo marido, minha filha, e a família não é dele! – Novamente apelei para que sentimentos puros aflorassem. – Querida Roberta, seus dias de mãe da Celi e do Malik estão contados. Mirella me telefonou.

– Não vou mais falar sobre isso. Você vem ou não vem até aqui? Preciso trabalhar.
– Seu companheiro continua sem emprego? – Perguntei nervosa.
– Outro assunto que também não lhe dou a chance de perguntar. Posso contar com você?
– Apesar de sua grosseria, chegarei em poucos minutos. Tchau!

Atordoada com a perspectiva das decisões de Roberta, consegui sorrir ao me lembrar de Sacha. Comparei-o à figura de meu avô, que partira desde muito cedo – à época, eu com 15 anos –, sempre um bom companheiro para os netos. Recordo como amansava meu nervosismo quando me fazia cafuné com seus dedos longos, finos e de pele macia como as de Sacha. Sua mão era quente e cheia de afagos. Morreu deixando a impressão de que faria muita falta. Só agora compreendi que tentei transferir esse amor para meu pai, mas logo me dei conta de que seria impossível – meu avô era único! Quando menina, lembro que havia alguma coisa nas expressões do meu pai que me faziam chorar e acordar soluçando, cheia de remorsos. Mais tarde, compreendi que eram as constantes brigas com minha mãe e, no dia seguinte, no café da manhã ela aparecia maquiada como se fosse para uma festa. Foi quando cheguei à adolescência que percebi que meu pai batia nela e que inúmeras vezes ele transferia seus humores para beliscar nossos braços e dar tapas na cabeça. Passei a ter pesadelos recorrentes com lobos e aves de rapina e estar cercada por cobras que invadiam o chão do quarto onde eu e minha irmã dormíamos. Apesar de ter alguém ao meu lado, o medo era visceral e eu não conseguia me levantar à noite para ir ao banheiro tampouco deixar meu braço escorregar para fora da cama, com medo de ser picada pelas enormes cobras que se aninhavam lá. Foram anos de temor, e a hora de dormir tornou-se angustiante.

Minha mãe não sabia – era difícil contar para uma pessoa fragilizada como ela o que eu sentia. A força de vontade e a determinação mudaram meu comportamento, passei a ser discreta, a viver num mundo complexo de intrepidez e assombros. Foi quando decidi que tinha de enfrentar os dragões de pés de barro que me perseguiam. Certo dia, eu me levantei da cama, pisei sobre as cobras, que aos poucos se dissipavam diante da minha armadura de coragem. A consciência fantasiosa transformou meu padrão e, com a tenacidade que é dada aos jovens, resolvi que não continuaria refém do medo. Os sonhos foram transformados em anjos e quimeras que voavam pelo teto do quarto. Acordava com a sensação de que tinha me libertado. Ainda procuro nas reminiscências da infância se um dia fui feliz, mas a mente, com seu poder de transpor dificuldades, só permite que as memórias fervilhem – tornei-me uma rebelde e passei a desafiar o que acreditava ser fidelidade e lealdade.

Namorei metade dos meninos da classe no colégio, era chamada de galinha, maçaneta e outros tantos nomes para identificar alguém que estava fora dos padrões morais. Dizia a mim, orgulhosa: sou mais esperta do que essas carolas que não sabem o que é bom na vida. Até o dia em que conheci Klaus numa quermesse, levado por uns amigos que tinham estado na Alemanha estudando. Klaus era alto, louro e brincalhão e logo tivemos a certeza de que éramos feitos um para o outro. Meses depois nos unimos por procuração na igreja do bairro do Catete. Só os familiares, inclusive meu sorridente pai, por ter se livrado da filha sem-vergonha. Era assim que ele me chamava quando as notas do colégio vinham vermelhas, e minha mãe de olho roxo, bem maquiada. Minha querida avó e madrinha era a única a me apoiar quando eu precisava.

Ao reviver o passado, o remorso bateu. Eu não tinha agido de modo diferente com Roberta. Deixei-a sozinha, à mercê da sorte e da vida, sem meus conselhos. A despeito do que vinha acontecendo, foi Itkul quem dessa vez me assombrou.

* * * * *

CAZAQUISTÃO
2008

Enlik, irmão de Itkul, vagava pelas margens geladas do rio Irtixe na cidade de *Semey*, antiga *Semipalatinsk*, onde Dostoiévski, no século XIX, escreveu várias de suas obras, no atual Cazaquistão.

A maioria dos homens de sua cidade natal trabalhava nas minas de carvão que alimentavam as indústrias dos Montes Urais. Um grande desabamento nas minas de Karaganda havia encerrado as atividades de alguns de seus familiares ali soterrados.

Há duas gerações a família de Enlik e Itkul passou a respirar o fétido odor dos curtumes de Semey, depois de se mudarem de Karaganda, nos idos de 1932, para fugir da pobreza. Lutaram contra o frio desolador e a comida escassa.

Enlik e Itkul consideram-se muçulmanos sunitas, apesar de frequentarem a igreja católica do lugar levados pela mãe e avó. De toda sua velha família, sua avó era a única que ainda trabalhava de sol a sol. Enlik a respeitava. Cabelos brancos muito escassos, presos num coque baixo, dentes quebrados, pele pregueada de tão seca, dedos feridos, e unhas rachadas de tanto costurar, ajudava a aumentar o orçamento familiar com suas habilidades.

O avô havia morrido há alguns anos de câncer, o pai vivia acamado por causa dos pulmões contaminados pelas radiações das explosões dos testes nucleares da Rússia, em *Semipalatinsk*. Enlik sentia revolta pela senilidade dos parentes por tantos anos. Perderam a identidade do que foram ou gostariam de ser.

Stalin havia dominado o pensamento e o comportamento de toda Rússia: ou faziam parte do sistema, ou eram mortos, acusados por seus próprios pares. A população tornou-se refém de uma Rússia comunista, onde amargaram dificuldades e falta de alimento.

A queda do regime soviético, em 1991, e o banimento do Partido Comunista pelo presidente Boris Yeltsin, ajudado pela população, fez com que o stalinismo se esgotasse, depois de milhões de mortes e atrocidades em nome do partido. Um novo modelo foi implantado, e a Comunidade dos Estados Independentes foi estabelecida. As cidades, outrora cinzas com moradias espartanas, começavam a enxergar um novo horizonte, ainda bastante difícil, sob o domínio da Guerra Fria. As famílias continuavam divididas.

O irmão mais moço nasceu num dos dias mais frios do Inverno de 1985, em que as temperaturas chegaram a bater 35 graus negativos em meio a uma crise de nervos de sua mãe, Hawa. O pai supersticioso, completamente bêbado, doente e tomado pelo desespero, acreditou ser o menino uma praga rogada pela antiga amante. Esconjurou o filho, dando-lhe o nome de Itkul, o *escravo do cão*.

Era Itkul agora quem tirava o sono de Enlik. Aos 23 anos, decidiu seguir a vida viajando pela Europa. Relacionava-se pouco com o pai. As brigas eram constantes, levando sua mãe à exasperação. Enlik sabia da real condição de seus familiares contaminados pelas explosões nucleares. Itkul tinha um gênio bastante difícil, extremamente egoísta, só pensava nos seus sonhos. Sem nunca ter saído da cidade natal, vivia num mundo lunático de poder, disputa e reivindicações. Religioso desde pequeno, pensava no extermínio dos católicos que frequentavam a igreja perto de onde moravam. Esse pensamento fazia com que Enlik acreditasse na demência, a qual corrompia o discernimento do seu irmão, mas a despeito de qualquer argumento, Itkul tinha decidido partir. Por sua arrogância e retórica, o grupo ao qual pertencia passou a colocar em destaque suas doutrinas de levante contra o ocidente ou qualquer outro estado que não seguisse os preceitos religiosos e da interpretação da fé muçulmana. O mais estranho era que, em pouco tempo, ele se converteu num arauto da filosofia islâmica. Estudava por horas e com afinco as regras desse mundo subjetivo da consciência humana. Enxergava seus caminhos com olhos de libertação da alma. Chegou a discutir em família sobre como deveriam seguir os ensinamentos de Alá, que são como as raízes das plantas ou como os peixes que não têm como limites a terra ou as paredes do rio ou a imensidão do oceano, mas que têm como alimento o sol, que indica quem somos quando reverbera em nossa água e em nosso sangue, mostrando que obstáculos são o impulso para novos fatos, novas faces da verdade, e que a fome é capaz de abrir os portões tanto para a luta quanto para a inércia.

Enlik, apesar de não ter cruzado com Itkul, se ateve imaginando o caminho que deveria percorrer. Talvez entrar num trem pela Transiberiana fosse uma boa opção, mas o irmão precisaria ter sido bem treinado e guardar seu roteiro na palma da mão para não se perder em distrações.

A viagem deveria ser longa, e cruzar a Rússia não seria nada fácil. Sabia que Itkul recebera ajuda financeira de alguns amigos que o julgavam ter competência necessária para arregimentar novos membros para a causa do Islã. Como combinado entre os financiadores, pediram que comprasse tênis novos, meias grossas e enchesse a mochila de pão, leite de égua, chá preto, passas, alguns damascos e queijo. Feito isso, deveria partir sem demora.

Itkul andou a pé, pegou carona como mochileiro, dormiu ao relento até chegar em *Omsk*, localizada do outro lado dos Montes Urais, capital provisória da Rússia durante a Segunda Guerra Mundial, cidade que padeceu dificuldades pelas empreitadas militares colapsadas no pós-guerra, apesar da extração de petróleo e de gás natural na Sibéria. Itkul deveria fazer uma parada para conhecer a cidade, encontrar um de seus colaboradores, receber instruções e ajuda para chegar a Berlim. Seu amigo o esperaria com uma passagem de trem até Moscou, de onde deveria cruzar os dois mil e setecentos quilômetros para Berlim.

Como chegou antes do previsto e faltavam umas horas até o seu encontro, parou num pequeno bar – seu estômago roncava de fome, a comida que trouxe já tinha acabado. Não queria usar os euros que guardava no fundo da mochila, tirou algumas notas de tenge, a moeda do Cazaquistão, no intuito de pagar a conta. O rapaz que o servia deu risada, as poucas notas de dinheiro não seriam suficientes para um prato de *solyanka*, sopa típica russa feita de pedaços de carne e legumes. Foi um alemão sentado ao lado, percebendo a dificuldade, quem o ajudou. O rapaz conhecia algumas palavras russas e cazaques. Era um estudioso do alfabeto cirílico e da língua eslava. Sem que Itkul visse, acertou o valor da sopa. Ele agradeceu e o rapaz se ofereceu para ajudá-lo. Não precisou muito, andaram de ônibus e teleférico por toda *Omsk*. O rapaz serviu de guia e contou sobre os prédios e monastérios pensando em ganhar alguns trocados, falou das cores da Rússia e sobre a devoção religiosa de seu povo. Impressionado, Itkul esboçou um sorriso, mas logo lembrou seu encontro. Despediu-se quase em gestos e mímicas, deu o nome do local do encontro, mas não deu a gratificação esperada. Levou muito tempo para descobrir onde o aguardavam.

Há alguns meses que Enlik não tinha notícias do irmão. Pensando que nunca mais o veria, surpreendeu-se ao receber uma carta, contando que havia viajado de carona pela Sibéria até *Omsk*. Julgou que fosse morrer de tanto calor, a temperatura beirava a 40º C. Contou que nunca vira uma igreja ortodoxa tão bonita, colorida de azul, vermelho e muito ouro. A praia, o mar e a areia o impressionaram. O mais difícil tinha sido viajar mais de novecentos quilômetros até *Cheliabinsk* e só restavam algumas poucas notas de euros. Acabou dormindo em um vagão de trem com alguns mendigos, mas, ao fim, se impressionou com a solidariedade que encontrara nos seres humanos, que ele acreditava serem egoístas e racistas. Falou ao irmão que muitos simpatizavam com sua causa, que seguiria sem descanso para alcançar seu objetivo. Passou meses sem dar notícias, deixando sua família apreensiva.

Neste instante, Enlik lia e relia a segunda carta que acabara de chegar e ardia em sua mão.

Irmão Enlik,

Minhas necessidades diminuíram, acabei de ser aceito numa comunidade no subúrbio da cidade de Berlim, em Neukölln, no coração turco da cidade. Tenho pedido a Alá que ilumine meus ideais e guie meus passos. Tenho encontrado paz e meu coração parece calmo.

Talvez a primeira impressão seja estranha à nossa família. Conheci uma moça brasileira, que entendeu meu engajamento religioso. Tenho pensado muito e pedido luz para minhas decisões. Alá tem me mostrado o caminho e o desejo de proteger os inocentes. Roberta tem 28 anos e dois filhos pequenos do primeiro casamento, o que me deu a sensação de querer amparar as crianças. Vive separada do marido invalido há três anos. Apesar da diferença religiosa, decidimos morar juntos. Nunca experimentei gostar de alguém, mas aquelas crianças me enfeitiçaram. Roberta mal vê o ex-marido, que vive com o irmão e a mãe. A condição de imigrante não tem me dado muitas chances de trabalho – o único ponto fraco de nosso relacionamento.

Comecei a pensar em voltar para me engajar na vida religiosa. Tenho em meu coração que Alá tem me protegido nesta vida e me preparado para a outra, como uma recompensa em troca do meu fervor.

A carta tirou a paz de Enlik. Sua maior preocupação é que ele sabia que seu irmão jamais poderia ter uma vida estável. Sempre fora obstinado, jamais estudou para se formar no secundário e o pouco conhecimento só o levaria a ser mais um trabalhador dos curtumes de Karaganda. Alto e muito forte, impunha seu tamanho e suas opiniões para que ninguém o afrontasse.

Itkul era contra qualquer guerra que tivesse a intervenção estrangeira, contra o FMI, ou qualquer outra instituição internacional. Levantava bandeiras contra o imperialismo americano, que oprimia, ultrajava e explorava os jovens em qualquer tipo de trabalho.

O local onde moravam era pobre, com casas inacabadas em chão de terra batida, próximo aos curtumes e em meio a tanques de tingidura, peles por secar, produtos químicos, lixo e animais caseiros. Dormiam em chão de terra dura, como todos que ali moravam, sobre colchões de palha, ao final do dia e totalmente esgotados faziam jus ao descanso esperado. Eram pacíficos quanto aos ideais e religiosos quanto aos princípios do Alcorão.

Enlik reservava para si a plena consciência da condição de sua família. Nutria respeito pela religião do seu pai, mas jamais fora fanático. Reverenciava a religião católica em segredo, o que poderia ser um enfrentamento ao pai, mas não dispensava sua condição de muçulmano. Sua mãe, sábia que era, jamais colocou em risco sua religião, nem com seu marido, que a desposara pensando ser ela muçulmana, tampouco com Itkul. O único que dividia com ela esse conhecimento era Enlik. A consideração que ele tinha pela família materna e a disposição da mãe em aprender eram um exemplo. Sua avó ensinou-lhe a costurar depois que seu pai ficara doente. Sabendo disso, tentara inúmeras vezes abrir a cabeça do irmão com argumentos e extensas discussões noturnas para que ele visse o quanto sua mãe era uma mulher à frente de sua época, mas era em vão.

– Muito me estranhou a carta que recebi hoje cedo. Itkul está vivendo com uma brasileira na Alemanha – falou Enlik para esposa, que, um pouco mais ocidental do que a maioria dos que moravam nas proximidades, era considerada extravagante, por não usar o *thoub*[7], e não engajada, por se recusar a usar o *hijab*[8] na forma tradicional.

– Ele precisa se apaixonar por alguém, talvez mude um pouco.

– Não acredito que isso seja permanente, meu irmão sempre foi dessas pessoas idealistas, não posso acreditar que, de uma hora para outra, mudou seu comportamento. Sem emprego e sem dinheiro. Isso deve ser conversa... Qual mulher vai se apaixonar por um homem como ele, principalmente uma que não segue as regras do alcorão? O pai não vai aceitar!

– Quer saber, eu prefiro que ele fique longe de casa – falou a esposa.

– O irmão deve ter alguma ideia na mente, mas se apaixonar por uma mulher com dois filhos não faz sentido. A religião é tudo para ele, e, além do mais, as brasileiras são católicas!

– Não sei o que Itkul pensa, nunca soube, e não gosto do jeito rude como ele nos trata. Nossa vida precisa de alegria, não aguento a pressão religiosa que ele nos impõe. É um alívio ele ter viajado, temos menos confusão aqui em

---

7. vestido
8. véu

casa. Poderemos organizar melhor nosso curtume. Quem sabe arranjamos algum contato para exportar nossas peles.

– Não se iluda, não damos conta do mercado interno, só participando junto a outros tantos. Seria bom ele arrumar um emprego, talvez mude suas opiniões sobre os capitalistas – falou Enlik.

– Bem, que fique longe, vai ser bom ter um pouco de tranquilidade.

BERLIM
2009

– Você precisa mudar, Itkul. Não posso sobreviver somente com meu emprego de balconista de *shopping*, e temos uma boca a mais para alimentar. Minha avó já avisou que, se não arranjar o que fazer, ela corta a ajuda – falou Roberta, sem olhar nos olhos de Itkul.

– Mulher egoísta! Velha rabugenta.

– Não fala assim da minha avó... se fosse meu pai, eu ainda concordaria. Apesar de ter perdido o pé, não tenho pena dele. Bebe muito e é diabético, procurou por isso.

– Trato seus filhos como meus. Você tem de me apoiar.

– Faço minhas loucuras, sou geniosa, mas não jogo dinheiro pela janela. Se não arranjar emprego, teremos de nos separar.

– Não posso pensar em ficar sem você. Vai se converter?

– Quando eu me apaixono, prometo qualquer coisa. A cabeça esfria em seguida. É assim que eu sou. Ou me aceita do jeito que sou, ou não sei não! Decidi que posso me converter, mas vai precisar me provar que vai valer a pena o esforço. Estou muito bem desse jeito, não sei se mudando minha fé sem mudar o que penso vai adiantar. Não faço nada só para agradar. E a minha menstruação está atrasada.

– Sou muçulmano! Como você tem coragem de falar assim? No meio de uma conversa como a nossa? Isso está correto? Pode ser verdade que está esperando um filho meu? Que Alá seja louvado!

– Nunca proibi que frequentasse qualquer religião. Minha mãe é católica, meu pai protestante, e eu, bem, não sou nada! Melhor você rezar para Alá.

– Por quê?

– Sou tão diabética quanto meu pai. Quase morri no meu último parto.

– Então, deve estar louca para ter esse filho!

– Não! Isso é conversa. Tenho coragem de sobra para enfrentar a vida. Sobrevivi, não sobrevivi? Se eu estiver grávida, vou conseguir me safar dessa doença.

– Seu pai perdeu o pé!

– Ele bebe, eu não!

– Se me der um filho, serei eternamente grato a Alá.

– Seja grato a mim e ao meu Deus. Apesar de tudo, acredito em alguma força maior.

– Alá é e será sempre o meu Deus e dos meus filhos.

– Sua família sabe alguma coisa sobre a minha condição de origem católico-protestante?

– Faz tempo que escrevi ao meu irmão. Meu pai não precisa, mas minha mãe vai gostar de saber que vou ser pai. Jamais vou poder dizer a sua origem. Seus filhos também serão muçulmanos. – Omitiu para Roberta a religião da mãe como se escondesse um doce de uma criança, na certeza de que Roberta se converteria.

– O telefone. Atende, Itkul... não para de tocar!

– Com quem deseja falar? (É a sua mãe).

– ...

– Por que não falou com ela?

– Não quero falar!

– Ainda não contou que estamos indo tentar a vida em outro continente?

– De jeito nenhum. Não quero ouvir sermão nem saber da família da minha mãe.

– Ela saiu. Quer deixar recado?

– O que ela falou? – Perguntou Roberta.

– Disse estar com saudades.

– Não acredito, nunca me manda notícias. Meu pai avisou que ela tem telefonado, mas eu não quero saber. Casou de novo, tem dois filhos adolescentes. Quando esteve pela última vez aqui foi logo que a Celi nasceu, veio escondida do segundo marido e dos filhos. Nunca teve coragem de contar que tinha uma filha na Alemanha. Foi tanta confusão e brigas. Ela se desesperava, gritava com o meu pai, depois pedia desculpas. Fiquei louca, e meu pai transtornado. Ela não queria que eu tivesse esse bebê. Disse que eu ia morrer, que não queria me perder, que eu fosse morar no Brasil com ela. Eu estou aqui. Sofri um bocado, mas sobrevivi. Se ela souber que estou grávida novamente, nem sei do que é capaz.

– É você quem sabe. Vou sair – falou dissimulado, mas com o coração aos saltos.

Itkul saiu para agradecer a Alá, mas antes daria uma volta pela cidade. Queria rememorar o dia em que conheceu Roberta, ainda perdido em sua religiosidade e na percepção de um mundo novo e em ordem, com direito de ir e vir sem ser admoestado pela polícia religiosa, que o fazia tremer espalhando raiva por entre seus cabelos e sentidos ao lembrar que os seus compatriotas sobreviviam na miséria e na ignorância.

Ver pessoas sorrindo pelas ruas com tantas possibilidades e cheias de esperança o deixava atônito. Não sabia como podia ter esquecido todos os seus princípios. O amor tinha mudado seu pensamento e seu modo de vida. Não se reconhecia. Alá não o perdoaria. Precisaria se penitenciar para ter novamente a aprovação de Alá. Mudou de caminho, não podia se distrair com parques e mirantes. Seria uma mácula em seu coração.

Por outro lado, sentia-se novo e feliz depois daquela notícia de que seria pai. Nunca, em nenhum momento desde sua infância miserável, sentia-se tão leve e em paz. Faria tudo para obter o perdão de Alá.

A imagem do dia em que conheceu Roberta e os filhos entrou como uma paisagem e uma leve brisa de Verão. Foi dos primeiros lugares em que estivera, uma torre redonda presa por cabos de aço, que tinha uma visão magnífica de Berlim. Começara a subir quando se deparou com a alegria de duas crianças. Riam e cantavam uma música alemã infantil, "*Grün, grün, grün*". Itkul não era capaz de entender as palavras, mas elas estavam tão felizes que se sentiu cativado e, em pouco tempo, cantarolava a melodia. Nunca passara por uma situação como aquela. Seguiu-os discretamente. Roberta caminhava mais rápido que os filhos e, por um instante, se virou e viu aquele homem atrás das crianças, e um certo pânico se abateu sobre ela. O rapaz percebeu e falou com bastante dificuldade num inglês infantil para que ela não tivesse medo. Fez mímica com as mãos no ritmo da música. As crianças riram, e aquelas gargalhadas afastaram o pensamento ruim de Roberta. Sem perda de tempo, ele se identificou, estendendo a mão como os europeus, e se prontificou a ajudar Malik e Celi a subirem na torre. Aproximou-se um pouco mais ao ver Celi pedindo colo para a mãe, que logo se recusou. Abriu um sorriso quando Celi o pegou pela mão para ajudar a subir os infindáveis degraus. O contato daquela pequena mãozinha tão suave, os olhos azuis muito claros e iluminados, os cabelos louros e encaracolados despertaram o que ele jamais poderia imaginar existir! Chegaram juntos ao topo e ficaram apreciando a vista do parque e da cidade. Não percebeu a hora do *Assr*, a reza para Alá, que passou como uma leve lembrança. Teve vontade de proteger aquela família. Não queria se afastar daquela cálida satisfação que conseguia enxergar em seu irmão e sua cunhada logo que eles se casaram. Desceram brincando e cantando. Não conhecia as músicas, mas o ritmo o envolvia, e entendeu que nunca houvera música em seu coração, só luta. As crianças correram até as locomotivas expostas no parque. As máquinas a vapor eram lindas e bem tratadas, suas rodas vermelhas deveriam ter passado por muitos lugares e histórias. Caiu em si, dando conta que aquele não era o seu mundo! Disse para si mesmo: "Você não está no céu de Alá, mas na Europa de tantas guerras e mortes no passado. Bombardeios, gente morta pelas câmaras de gás, pelas armas de quem luta pela liberdade. Os povos guerreiam! Os ativistas existem, os povos passam fome! Não se iluda, o mundo não é tão lindo como o seu encanto por essa família ou por Alá!". Porém, o que enxergava era o suficiente e naquele dia decidiu que mudaria de vida. Despediu-se, falando que gostaria de estar com eles novamente. "Podemos nos encontrar amanhã neste mesmo lugar". Ele apontou para o relógio em seu braço para ver que horas seria. Roberta tocou em seu braço para indicar a hora. Dessa vez ele se assustou, nunca tinha sentido um toque tão próximo de uma mulher, seu corpo arrepiou e ele entendeu aquele gesto como amor.

* * * * *

A mesquita em *Neukölln* reunia algumas pessoas. Tirou os sapatos e ajoelhou-se com a cabeça na direção de Meca ainda admirado com o enorme lustre de cristal preso ao teto. Tinha perdido a oração do nascer do sol, às seis e vinte e quatro da manhã. Ficaria até o *Assr*, às dez para as quatro da tarde. Inclinado sobre as pernas, pediu a Alá que protegesse o que tinha conquistado e que tivesse força para jamais esquecer seus ideais religiosos. Já era tarde quando saiu da mesquita acompanhado de alguns amigos, que discutiam como transformar o compromisso religioso em ato de fé. Itkul, receoso, avaliava se poderia se abrir com aqueles homens. Sabia que a população da Alemanha resistia à instalação de comunidades religiosas muçulmanas. Conhecia o discurso populista dos democratas-cristãos e dos neonazistas sobre os símbolos religiosos. Alistara-se no conselho islâmico perto de onde morava em *Neukölln*, e a única solução seria trabalhar na construção civil, aceito como mão de obra mais barata.

Algumas horas se passaram enquanto se perdia por ilusórias correntes de sentimentos. Atravessou calmamente a ponte de *Oberbaum*, que serviu de fronteira entre a Alemanha ocidental e a oriental durante a Guerra Fria. Passeou pelas ruas de Berlim, contestando o mérito de como poderia ter nascido sem jamais conhecer outros lugares como aquele no mundo. Sabia que isso não era comum entre os seus, mas ele tinha tido essa chance. Já fazia um tempo que saía com Roberta, sabia que ela falava português com os filhos em casa, e ele, razoavelmente o inglês – era o que ajudava na comunicação, e se esforçou para melhorar seu vocabulário. A língua alemã era muito difícil, mas começava a entender um pouco de português.

FILHOS

Rute tomou a direção do pequeno apartamento que alugara mobiliado perto de Roberta, no bairro de *Neuköln*. Nem de longe parecia o lugar onde morava no Brasil, mas a culpa no coração era real. Um dia, os filhos Mariana e Diogo entenderiam. Subiu os três lances de degraus do prédio antigo. O local era abafado e mal iluminado. Ao chegar ao corredor, onde seis portas davam para um *hall* apertado e de odor desagradável; percebeu que os moradores não tinham serviço de limpeza, e cada um era responsável pelo seu espaço, coisa que, desde que havia chegado, jamais fora uma preocupação dos vizinhos.

O pequeno local era sublocado como apartamento, mas não passava de um quarto um pouco mais espaçoso do que a maioria. Tinha como móveis uma cama de madeira antiga e pesada, com colchão alto e de mola já envergado pelo uso. O lençol listrado de azul e branco e um travesseiro manchado, que ela punha por debaixo do novo que comprara logo que chegara a Berlim. Abriu o armário de madeira escura, com alguns entalhes rústicos, que fazia parte da mobília, igual à penteadeira e à cama, como era a moda em tempos passados, e havia um pequeno banco do mesmo conjunto, depósito de sua bolsa todos os dias. As paredes pintadas de bege eram sem expressão, as janelas de madeira, lavadas pela chuva e pelo frio, teto branco com travejamento pintado de preto. Descia dois degraus para o banheiro, onde, à primeira vista, via-se uma banheira oval de mármore machado e o luxo de um chuveirinho preso às torneiras, a pia branca com pé era nova, o teto era rebaixado, a iluminação amarela era precária, pois fora colocada sobre um espelho. Poderia se dizer que foi construído posteriormente, por estar debaixo dos degraus de uma escada, onde era notório o som das pisadas. O que mais chamou sua atenção ao alugar esse apartamento foi a mansarda dessa parte de casa, onde, ao se esgueirar pela janela, havia uma irresistível varanda de tijolos vermelhos, pela qual seria possível escapulir em dias de sol, apesar de não haver espaço para uma cadeira, o que realmente não importava, pois seria fácil aproveitar alguns momentos dos raios de sol que chegavam logo cedo para esquentar seu gélido esqueleto no Inverno. A calefação era falha, e chegou a passar muito frio até gastar um pouco de dinheiro para mandar consertar a serpentina furada. Pagou pelo óleo com satisfação. Ainda se arrepiava ao lembrar que, batendo nas paredes do apartamento para se assegurar de que não quebrariam, ouviu um barulho oco, resolveu pegar uma faca e fez uma pequena fresta na junção entre as placas que acreditou serem de gesso, chocada por concluir o inevitável: um cubículo com algumas roupas velhas, que provavelmente deveria ter servido de esconderijo durante a guerra. Passou semanas imaginando quem teria ficado escondido ali e por quanto tempo.

    Roberta era a dona da sua preocupação. A filha, em detrimento a tudo que havia passado, tinha se tornado corajosa e decidida. Encheu-se de paciência, pois conhecia o gênio da filha. Sabia que ela não seria assim para sempre – nada era para sempre. A vida muda como uma onda. Um dia, estamos nos picos nevados sentindo o frio enregelante e o ar puro, depois estamos no inferno de Dante, mergulhados em considerações. Itkul também não seria para sempre? Maldito momento em que a filha novamente engravidara. Ela também escorregou quando menina. Perdoar Roberta seria fácil se ela decidisse não ter esse filho, mas morrer não fazia parte dos planos. Nunca imaginou que ela pudesse ser tão esperançosa. Não tinha ninguém que olhasse por aquelas crianças tão queridas e amorosas. Malik e Celi eram dois anjos. Com mais essa criança, o que seria da sua filha! Lembrou-se do cubículo e pensou nele como um útero, talvez fosse isso que faziam os judeus durante a guerra para sobreviver às condições subumanas que enfrentaram. Sabiam que um dia poderiam novamente nascer para o mundo. Era isso que lhes dava esperança. Deitou estirada na cama, sem pressa. Roberta poderia esperar uns minutos. Respirou fundo, a mente longe a viajar pelo Brasil, para o seu professor, sua filha Mariana, e seu filho, Diogo. Fazia muito tempo e seu peito doía de saudades.

Olhou o relógio e pulou da cama, calçou a bota preta pesada e saiu. Andou alguns quarteirões e bateu no apartamento da filha, mas teve vontade de novamente sair. O tom de voz! Imediatamente se sentiu rejeitada. A fisionomia e a voz de seu pai vieram como uma avalanche. As lágrimas escorriam quando a filha abriu a porta para que entrasse.

– O que houve, mãe? Ficou doente? – Falou, escancarando aquele sorriso gostoso, com a covinha do lado direito da bochecha, que ela lembrava como um selo estampado em seu arrependimento. Imediatamente as lágrimas secaram, cicatrizando seu coração imerso em memórias do passado. Abraçou a filha e lhe pediu perdão.

– Não tenho o que perdoar. Como eu, você também foi uma mulher que seguiu seus instintos. Somos iguais! Os meus desejos não são os mesmos todos os dias nem idealistas como os de Itkul, mas são desejos, e espero poder seguir vivendo. – Olhou firme para a cara da mãe, pegou a filha Celi, do seu primeiro casamento, no colo, e disse:
– Ela é sua enquanto viver, e não a deixe, como fez comigo. Ela não aguentaria, não é tão forte como eu, nem determinada como você, é apenas uma criança carente de amor. – Colocou Celi no colo da mãe. – Volto mais tarde e te acordo quando chegar. – Virou as costas e bateu a porta ao sair, não disse nada.

Ficou um tanto atordoada com o que ouvira da filha. Segurou o choro para brincar com as netas, Celi e Astana, filha de Itkul e Roberta. Fez comida para elas, trocou o pijama, e as colocou na cama, e, quando Itkul chegou acompanhado de Roberta, já passava das dez horas da noite.

– Boa noite, mamãe – falou frivolamente. – Obrigada. – Pegou o braço da mãe e a levou até a porta. – Falamos amanhã.

Roberta nunca tinha sido tão direta e com tão poucas palavras como naquela noite. Como sempre, arranjou uma desculpa conveniente.

Rute foi para a casa, quatro quadras abaixo. O vento cortava a pele e feria os olhos. Enrolou o cachecol no pescoço, enfiou o gorro preto que morava em sua bolsa no Inverno, e correu para casa, passando por bares cheios de gente jovem rindo e bebendo. Subiu os degraus com rapidez e abriu a porta, que rangia avisando aos vizinhos que estava em casa. Acendeu o fogão e colocou água na chaleira. Um bom chá faria diferença. Abriu a bolsa e pegou o papel que Sacha tinha dado, colocou ao lado de sua cama, no criado-mudo, lavou a cara, e trocou a roupa de trabalho por um gostoso pijama de flanela quando a chaleira apitou – a água fervia. Colocou chá de verbena, seu favorito, no bule e se deitou recostada na cama para ler o que o bisavô de Sacha havia escrito para seu novo amor.

ENCANTADO

Berlin, 02 de março de 1869.

Estimada Charlotte,
Sua virtuosidade ganhou meu coração, depois de tantas guerras e perdas. Se fosse possível teria um imenso prazer em marcar um encontro perto da Casa de Ópera Real onde a vi tocar.
Aguardo ansiosamente a sua resposta.

Respeitosamente, Otto

* * * * *

Ouvíamos com a nossa emoção... se possível fosse usar somente isso para entender o que as notas musicais fazem aos nossos ouvidos!
 O maestro levantava sua batuta, trajado com o sentimento de um grande compositor. Nenhum suspiro, nem um mosquito era ouvido. Um silêncio romântico tomava o ar das pessoas. O sinal foi dado, e os *cellos*, como uma mulher de fala mansa e enfeitiçadora, convidaram o *spalla* a suplicar pelo amor da jovem. O violino, totalmente apaixonado, chamou por seus pares. As varas frenéticas nas cordas parafraseavam a música dos coadjuvantes. O maestro, em sua dança de emoção, regia sons que adocicavam os ouvidos. Os corações vibravam diante do som da orquestra. A pianista inteiramente tomada dedilhava

convicta a paixão do compositor. Sentimentos eram lapidados. Suas mãos não tinham nenhuma dúvida, sabiam a quem tocar, a quem acariciar. A melodia carregada de poesia fazia com que os músicos envolvessem nossas almas. Os dedos hábeis tocavam as cordas de seus violinos. A flauta entrou. A reconciliação dos amores espúrios podia ser ouvida. O clarinete avisou que o momento de se darem as mãos era aquele. Não haveria tropa ou guerra que os separasse. Eles estavam em sintonia — as flautas anunciavam! A volúpia dos violinos dizia que a batalha ainda não estava ganha. As lascivas notas estavam mortas. Os trompetes não se conformaram e anunciaram que ainda havia fôlego. Os amantes ainda não tinham se rendido ao pelotão de fuzilamento.

A resposta veio rápida. O piano deu o tom da dissonância. Entrou miúdo, baixinho como um sopro de luz. Aos poucos foi nos convencendo. Aumentava sua veracidade a cada nota. A obra estava para ser acabada. Não havia um minuto sequer para perder. Os amantes sairiam vitoriosos. O amor tinha se rendido à culpa. Pediam perdão. Tinham vencido! Os tambores rufaram.

Não haveria inverno ou sol de verão que os fizesse mudar de ideia. O prato marcava o ponto para a decisão que já estava tomada. Os clarinetes gritavam sons maravilhosos e radiantes de felicidade.

Os violinos, os *cellos* e as flautas tocaram a música do amor dos jovens apaixonados.

A orquestra, com seu condutor quase às lágrimas por saber que mostrara a todos o domínio sobre a plateia, mas que foram as mãos cheias de vigor e habilidade daquela jovem pianista que tinham arrebatado o coração dos espectadores.

* * * * *

Rute acabou de ler, as lágrimas escorriam dessa vez não por culpa, mas por sentir um amor admirável. Colocou o papel no chão, dominada pelo sono. Não sentiu a máscara do esquecimento tomar conta do seu rosto, não sonhou tampouco acordou para beber água. Despertou com um pequeno raio de sol entrando pela janela através das folhas da árvore que camuflavam seu pequeno paraíso de sol. Vestiu-se com pressa enquanto fazia o café forte que conseguira raspar no fundo do pote. Sua mente acumulava lembranças de sonhos encantadores e seu corpo cansado como se tivesse passeado a noite inteira por caminhos desconhecidos. Saiu apaziguando seus humores com um pedaço de pão dormido carregado de geleia de laranja, que lhe escorria pelos dedos. Lambia-os com avidez, não pretendia macular sua camisa branca recém-lavada. A primeira pessoa que lhe veio à cabeça foi Sacha – pensava nele a todo instante como se ele fosse uma referência em suas decisões.

Ainda não tinha a clareza necessária para nomear os sentimentos que embaçavam o seu raciocínio. A única certeza naquele instante era que Roberta não precisaria dela à tarde – estaria livre para fazer o que bem entendesse – e o antiquário seria o seu caminho. Quarta-feira, seu melhor dia da semana! Ficava exausta, mas conseguia faturar 400 euros no dia. Quando deixou a casa de sua última cliente, o vento silvava pelas esquinas de Berlim, poucas pessoas na rua, num fim de tarde melancólico. Apressou o andar até o antiquário, receava que Sacha tivesse decidido fechar as portas mais cedo por causa do mau tempo. Ficou satisfeita ao entrar na pequena rua transversal e ver a única luz ainda acesa daquele lado da calçada. Trazia alguns sequilhos doces que tinha feito para Celi. Ficaram com a mesma textura dos biscoitos de canela que sua avó fazia, uma receita tão antiga e deliciosa! Tocou a campainha ao ouvir o som do *cello*. Esperou por uns minutos e, como não veio abrir a porta e ela congelava, foi entrando sem cerimônia.

Sacha levantou o semblante e parou delicadamente de tocar. A última nota foi como uma gota de água sobre o cristal.

– Vejo que não desistiu de ouvir as histórias desse velho solitário.

– Tão solitário quanto eu.

– Ao menos, pelo que sei, você tem uma filha em Berlim!

– Gostaria que não fosse verdade, a vida prega peças, não sei como isso tudo vai acabar.

– Como tudo acaba. Melhor que não haja muitas expectativas quanto ao bom intento dos nossos desejos.

– Não são bons intentos, mas desejos reais de sobrevivência.

– Quem passou por uma guerra não se abala tão fortemente por qualquer dificuldade contornável.

– Não são contornáveis, mas de caráter religioso.

– A história é outra, então?

– Sim.

– Vejo que a conversa está ficando lacônica – falou Sacha belicoso.

– Não quero falar sobre isso. Vim aqui para ouvir suas histórias e é isso o que quero fazer neste momento. Onde guardou aquele livro tão especial que me deixou fascinada?

— De onde nunca saiu, debaixo da minha cadeira.
— Quem eram aquelas pessoas que lhe fizeram uma visita outro dia?
— Alguém.
— Também se tornou lacônico?
— Influências! Bem, onde paramos?
Compreendi que era melhor assim.
— Aqui. Apontou o dedo para a carta.
— Por falar nisso, adorei o que ele escreveu sobre a pianista. A música é realmente um movimento da emoção, cada um descobre onde ela toca em seu coração.
— E no seu, onde ela tocou?
— No que deixei para trás.
— Todos nós deixamos coisas para trás. Às vezes, as que mais amamos.
— Foi assim no seu caso?
— Talvez. Posso começar?
— Claro, vim aqui para isso.

Sacha se ajeitou na cadeira, e, ao seu lado, descansavam os sequilhos que eu tinha preparado. Pediu que eu alcançasse a garrafa térmica cromada que ficava num balcão próximo de onde eu havia me escondido. Lembro que me senti como num forno, pronta para ser assada, tal o abafamento do lugar – o ar e o tempo estavam parados. Imediatamente remeti meu pensamento para a guerra e enxotei aquela palavra, assar, da minha mente. Olhei o relógio cuco feito em madeira, tipicamente alemão, com seus passarinhos que avisam a hora certa e as meias horas, saindo para cantar. Eu sempre achei graça nos mecanismos daqueles relógios. Fiquei confortável onde estava e um pouco mais familiarizada com tudo que ocupava a visão ao meu redor. Eram seis e trinta da tarde de quarta-feira. Sacha, acomodado em sua cadeira, começou a falar me levando a um passado onde o tempo atual havia parado e me fazendo entrar nas imagens das gravuras expostas nas paredes.

– Meu bisavô não tardou em querer conhecer a magnífica pianista. Enviou flores durante uma semana e, por fim, se casaram, como já contei. Durante esse período, a França temia que o surgimento de uma Alemanha unificada rompesse o equilíbrio de poder no continente e se transformasse na maior potência da Europa. Dessa forma, a antiga rivalidade austro-prussiana foi substituída, a partir de 1866, pela rivalidade franco-prussiana, o que também ocasionou uma guerra contra a França e o Reino da Itália por causa do Vêneto. Imagine tudo isso em plena Revolução Industrial, a descoberta do uso do aço em vez do ferro, na produção das maquinarias de todos os tipos. A Alemanha se fortalecia fabricando armas nas mesmas fábricas que produziam o crescimento do país. O militarismo ia tomando conta e criando uma identidade nacional. Bismarck era o grande líder e os alemães tinham orgulho da sua pátria. Meu bisavô lutou e foi condecorado por bravura. Repare naquela gravura ali na parede e que sempre me causou satisfação. São condecorações, cruz de ferro de primeira e segunda classe, e até mesmo a Grã-Cruz de Ferro, ele recebeu. Eu tinha todas elas comigo... – Parou de falar como se o seu botão de energia tivesse sido arrancado da parede.

– Sacha, o que aconteceu, tem alguma coisa que eu possa fazer?

– Por mim nada, só arrependimento, mas está feito. Não posso voltar atrás. Vamos continuar.

– A pianista, Charlotte, fazia parte de uma das grandes famílias proprietárias de terras ao norte da Alemanha. Desde cedo já mostrava suas tendências para o piano e ainda muito jovem se destacou em grupos de estudos, tendo sido mandada à Áustria para desenvolver seus dotes. Já era uma concertista quando se apaixonaram. Charlotte rendeu-se aos encantos de um homem mais velho, e, creio eu, por ser um oficial de alta patente. Não se importou em saber que era viúvo e pai de uma menina de quase dois anos. Marie Fanny foi dama de honra do casamento de seu pai com Charlotte, seis meses depois de se conhecerem. Charlotte se casou contra a vontade de sua família e o único presente que recebeu do pai foi essa linda mesa, objeto da sua cobiça.

– Que história! Acaba por aí? – Sacha encarou-me impaciente, quase bufando. E desandou a falar.

– Tiveram duas filhas. Agnes foi a primeira a nascer, nove meses depois de consumarem o casamento. Constance, um ano depois.

Sacha novamente pareceu desligar sua energia. Aflita perguntei:

– Quer um copo de água?

Não sei o que se passou pela minha cabeça naquele instante, tive vontade de sacudir o corpo de Sacha. Fiquei apavorada, peguei em seu pulso. Ele respirava! Passei da tristeza para a euforia em segundos. Abaixei levando à sua boca um pouco de água. Senti que o seu cabelo e a sua roupa cheiravam levemente à naftalina misturada com um perfume de limão. O colarinho da camisa estava manchado de base. O colete de pele abria pequenas fendas pelo ressecamento do couro e pela antiguidade da morte. Notei um pequeno porta-retratos sobre sua mesa. Não tinha notado antes por estar de costas para mim. Era uma moça grosseiramente maquiada, de lábios vermelhos e *rouge* nas bochechas, os olhos um pouco borrados pela forte maquiagem, cabelos encaracolados e pintados de azul, parecia fantasiada. De olhar triste, ela sorria escancaradamente. Sacha começou a se aprumar, olhou para os lados, como se procurasse alguma coisa perdida.

– Tudo bem? – Perguntei com meu alemão um tanto quanto rudimentar. Eu era capaz de entender, mas tinha uma enorme dificuldade em falar correntemente aquela língua complicada e de difícil colocação dos verbos.

– Um pouco melhor. Às vezes, tenho esses lapsos. Não duram muito.

– Quer continuar? Precisa de alguma coisa?

– Nada, só arrependimento, mas está feito. Não posso voltar atrás.

– Não mesmo? – Novamente ele falou em arrependimento!

Balançou a cabeça negativamente e abaixou os olhos.

– Bem, se quer assim! Que horas são?

– Oito horas. Está com fome? – Sua voz era suave e amigável.

– Tudo isso! Podemos parar por hoje?

– Vou comer um *döner kebab* que a minha vizinha trouxe, quer um pedaço? – Falou Sacha.

– Obrigada. Amanhã eu volto. – Levantei-me para sair.

– Posso fazer uma pergunta delicada?

– Claro, pode perguntar o que quiser.

– Você me falou que é de origem judaica, ainda vai à sinagoga? – Perguntei receosa de causar constrangimento em Sacha.

– Há muitos anos que não vou, mas nem sempre foi assim. E você, por que tem esse nome judeu?

– Não sei explicar. Somos a maioria de católicos, no Brasil.

– Então, trata-se de uma brasileira do país do futebol, em Berlim!

– É! Não gosto de futebol. Sacha, quem é a pessoa do retrato em sua mesa?

– Sou eu!

Aquela resposta engoliu minha voz e decidi me calar.

– Obrigado e boa noite. A que horas amanhã?

– À mesma de hoje.

Saí com o meu queixo encostado no peito, jamais pude imaginar Sacha vestido de mulher – parecia um vovô dono de loja de brinquedos mágicos ou um professor louco, mas, mesmo assim, as histórias eram atraentes, como se as minhas não fossem tão bizarras como eu as considerava. Minha mãe ainda viveu por alguns anos depois que me casei com Villaforte, meu segundo marido – lembro seu rosto de felicidade, uma das poucas vezes que a vi sorrindo. Era uma mulher dilacerada pelas brigas com meu pai.

Jamais poderei apagar a imagem daquele dia em que meu pai, com uma faca na mão, tentou matar minha mãe, e eu me coloquei no meio dos dois para que minha família não ficasse marcada para sempre e eu a perdesse por causa de um surto paterno. Meus joelhos e minhas mãos tremiam. Apesar da pouca idade, empurrei meu pai para fora de casa – nem sei qual força Deus me deu!

Mesmo diante de tanta violência, ela não o abandonou. Ainda hoje não consigo compreender o que faz uma pessoa tão boa aceitar e se sujeitar a um homem bruto como ele.

Os últimos anos da minha vida poderiam passar como um filme dizendo palavras bonitas sobre a existência e a conformidade, mas aquela cena jamais sairá do meu coração. Minha mãe sabia dos meus sentimentos, mas nunca disse uma palavra contra ele. Foi a pior coisa que ela poderia ter feito.

Hoje não consigo raciocinar ou transferir um sentimento ruim para longe do meu coração. Eles fazem parte do meu respirar. Minha boca é preguiçosa diante da felicidade dos outros e percebo que nada me contamina. O sangue corre lentamente me deixando num estado de indolência e morosidade. Quando me casei com o professor, ele conseguiu despertar certa paixão, não minha felicidade. Meus filhos deram realização, não felicidade. Talvez não saiba o que é isso. Invejo quem tem esse sentimento despojado de qualquer crítica ou desapontamento. Como são pueris os belos sentimentos!

Reconheço em Sacha a mesma falta de felicidade, como uma doença crônica, não terminal. A vontade de ficar ao seu lado me atrai cada vez mais, como imã. Entendi que as suas histórias passaram a ser as minhas, mas seu coração reverberava sentimentos muito além da tristeza.

O telefone tocou, era Mirella.

– As coisas estão andando do jeito combinado. Consegui o apoio do professor Villaforte.

– O que o meu marido tem a ver com isso?

– Uma conversa um tanto quanto difícil. Podemos nos encontrar amanhã?

– Combinado, no mesmo lugar de sempre?

– Pode ser às três da tarde?

– Claro. Tchau. Espere... Conheci um antiquário de nome Sacha. Quem sabe consegue descobrir alguma coisa sobre ele?

– Virou detetive?

– Não! Simplesmente gostei da mesa que ele está vendendo.

– E por que deseja saber sobre ele?

– Curiosidade. Ele me disse ser judeu e, pela idade, deve ter sobrevivido à guerra.

– Devia ser criança na época. Deve haver registros com o nome dele ou da família – falou Mirella.

– Não sei o sobrenome e não vou perguntar.

– É uma tarefa difícil de se realizar. Vou ver o que consigo fazer, me passa por *e-mail* o endereço. Tenho de ir. Até amanhã.

BERLIM
2011

— Estou de partida. Há muitos anos não viajo ao Canadá — falou Greg.
— Treinou bastante o português?
— O suficiente para não fazer feio. Pensei que minhas férias já tivessem acabado. Faz pouco tempo que voltei do Rio de Janeiro e tenho de viajar de novo. Já entrei em contato com o ministério das relações internacionais. Eles ainda não estão de posse dos documentos. Os papéis não saíram de Berlim, logo teremos a papelada para verificação. Fico pensando se é possível que as coisas aconteçam da forma prevista. É muito arriscado para todos.
— Não temos provas circunstanciais que corroborem a verdade dos autos.
— Edmund, lembra que trabalhei muito no caso do Patrick, mesmo assim foram anos de brigas judiciais.
— Os pais têm direitos soberanos. No caso de incapacidade por doença, não sei como a lei se comporta.
— A lei muçulmana é bastante clara quanto à paternidade.
— Conseguiu conversar com Roberta, a pessoa em questão, a mãe das crianças?
— Trata-se de uma pessoa com sérias deficiências emocionais e irresponsável, pelo que eu soube por familiares do primeiro marido.

– Bem, isso é um pouco capcioso. Quem se referiu a ela como irresponsável?
– Capcioso ou não, o histórico da moça é terrível. O julgamento será seu. Uma moça que é diabética desde a infância, quase morreu no primeiro parto, no segundo ficou internada por trinta dias, e teve mais um filho com outro marido e, ainda por cima, com um marido nascido no Cazaquistão, que se diz turco.
– Ter filhos com outro marido é bastante comum. Pelo que entendi nesse caso, um risco para ela mesma. A própria saúde está bastante comprometida. Essa moça é corajosa e gosta de gente diferente! E, ademais, quem pode atestar que ela não é uma boa mãe?
– É o que consta nos autos da família do primeiro marido.
– Minha pergunta: são católicos?
– Ainda não consegui saber ao certo, ao que me parece sim, mas pedi que investigassem o assunto.
– Sabemos o que tudo isso pode representar! Precisamos de provas concretas do que estamos falando. Não vou assumir esse caso por causa de um amigo.
– Amigo esse envolvido com questões de imigração de muçulmanos para os Estados Unidos.
– Não vou arriscar meu pescoço nem a minha carreira por uma briga como essa. Ainda sou jovem e recém-formado para manchar minha carreira.
– Eles nos ofereceram um bom dinheiro se ganharmos a causa. O pai e o tio querem a família vivendo na Alemanha, já são residentes há tempos e julgam a educação escolar muito boa. Pensam que a filha Celi e o filho, Ma-

lik, mesmo com o pai doente, ficariam mais protegidos morando com a família paterna.

– De quem propriamente estamos falando?

– Da família do primeiro marido da Roberta. Eles são turcos.

– E ela tem família no Brasil?

– Sim, a moça tem a mãe, tios e primos no Brasil. A mãe Rute está separada e há muitos anos deixou a Alemanha. Relacionamento difícil com o ex-marido, essa foi a desculpa. Pelo que sei, o pai da moça é alcoólatra e diabético e a filha puxou a ele, diabética.

– Qual o seu papel nisso tudo?

– Fazer valer a vontade paterna. Sou alemão de nascimento, e, como sabe, domino o idioma português. Foi o suficiente para a família do primeiro marido me contratar.

– Greg, você teve a oportunidade de conhecer o pai das crianças, quer dizer, o primeiro marido?

– Ainda não, mas a situação deles perante as leis alemãs é das piores: turcos muçulmanos, apesar de morarem há anos na Alemanha. E sabem muito bem como as coisas funcionam.

– Sei. O tio tem dinheiro suficiente para te pagar?

– O tio é muito bem-sucedido. Foi ele quem me contratou.

– Já investigou o tio?

– Pedi aos nossos amigos de Berlim para nos ajudarem. Ficaram de mandar notícias. Enquanto isso, nós seguimos em frente. Viajo para o Canadá amanhã.

POINT PELEE, ONTÁRIO
2011

    Tínhamos acabado de chegar à Província de Ontário, no Canadá, mais precisamente ao Parque Nacional de *Point Pelee*, perto do lago Eire, onde as águas descem formando as Cataratas do Niágara. O tempo estava calmo e iluminado, e o porta-malas da picape que meu pai alugara repleto de malas, mantimentos, binóculos, caderno para anotações, e livros de pesquisa. A ideia de viajarmos surgiu nem sei como. Um dia meu pai chegou da faculdade onde trabalha como professor, dizendo que embarcaríamos para o Canadá, ele, eu e meu irmão caçula, o Diogo. Questionei sobre o Diogo perder aulas, mas a conversa foi a de que ele já tinha acertado tudo com a diretora. Fiquei contente – há muito tempo ele não se referia à escola do Diogo e pensar que ele se adiantara para resolver me deu uma enorme satisfação.
    Vivemos num sítio no Alto da Boa Vista, próximo de São Conrado, no Rio de Janeiro. O lugar mais parece um viveiro de pássaros, pois temos árvores frutíferas, e, para meu pai, é uma verdadeira alegria. Minha mãe nos deixou quando eu estava com 13 anos e faz exatamente dois anos. Meu pai trabalha como um doido na faculdade, dando aula sobre biologia, esquece a vida em seu laboratório de pesquisa. Custo a acreditar que ele tenha tantas coisas assim para pesquisar – ele enfia a cara nos livros e em seus argumentos para despistar a falta que ainda sente da minha mãe.

Nunca entendi o que ela viu naquele homem que apareceu em casa e levou minha mãe! Papai é um cara doce e muito companheiro, bastante distraído e desorganizado para as coisas da casa e ainda não teve coragem de contar o que fez mamãe ir embora. Se não fosse eu, não sei o que seria do Diogo! Nunca viu um boletim do meu irmão, e sou eu quem estuda com ele desde o dia em que ela partiu. Ainda bem que minha diferença de idade é de quatro anos. Sei das coisas bem mais do que ele! Meu pai disse que nasci seis meses depois que eles se casaram. Ouvi minha mãe contando para tia Mirella, amiga de muitos anos da família, que eu era um bebê de sorte, e que, apesar de ter nascido antes do tempo, era uma criança robusta. Aos 11 anos, eu achava que minha mãe não gostava de mim, pois só pensava em ficar magra e me chamava carinhosamente de "minha gordinha". Aquela palavra tinha um efeito devastador em meus ouvidos, principalmente por minha mãe ser extremamente magra, o que de certa forma não era bonito. Os seios eram bem pequenos e pés grandes para sua altura, cabelos grossos e bem cortados, que a fazia uma mulher chique. Foi nessa época que ela se apaixonou pelo homem que apareceu para conversar com o meu pai. Uma cara feia e falava uma língua que eu não compreendia. Nesse dia, eles brigaram muito e, logo depois, ela saiu de casa. Apesar de ser mais velha do que meu pai, ela não se importou em fugir com aquele traste suarento. Meu pai ficou arrasado, não falava no assunto e não aceitava ter sido abandonado.

Minha avó tinha ficado viúva e veio morar em casa por uns tempos. Foi um alívio... – pelo menos, o Diogo tinha uma mãe. Apesar de ter chorado por muitos dias, minha avó era forte e otimista, e acabou se acostumando. Era a única que acalentava meu sono quando eu ficava triste por qualquer bobagem. Meu pai não conseguia me ver chorar, saía para a rua e voltava horas depois. Eu o julgava covarde: ver mulher chorando! O Diogo era pequeno e não se dava conta do que tinha acontecido. Minha avó não saía de perto da gente, contava histórias e cozinhava tudo o que nós gostávamos de comer. Não demorou muito e ela também se foi. Acordamos um dia e ela estava tranquila deitada na cama, usava a camisola predileta, rosa de bolinhas brancas. Foi meu pai quem a encontrou. Veio o médico e depois a polícia. O Diogo ficou arrasado bem mais do que eu. Sem parecer, ele adorava a avó, deitava-se na cama dela todos os dias. Seus amigos já tinham partido, e restavam poucos para chorar na sua despedida. Então, o enterro foi rápido. E foi assim que me tornei a chefe da família.

Já implorei ao meu pai algum dinheiro para comprar roupas novas, mas ele não liga, só pensa em seus pássaros. Parece que ele não tem filhos em casa. É tudo o que ele sabe fazer, fora avisar que está saindo para a faculdade ou para seus estudos sobre ornitologia. O nome é estranho, mas o assunto é muito legal. Ele estuda o impacto das aves na polinização da natureza. Passei a respeitá-lo depois que li seus artigos nas revistas especializadas. Entendo que ele tenha ficado triste, mas a culpa não é minha nem do meu irmão. Meu pai parece uma criança, aceita qualquer coisa que eu diga para ele. É monótono, mas coitado... parece um de seus passarinhos abandonados no ninho. Minha mãe não era bonita, mas era cheia de vida. Tenho certeza de que foi por isso que ele se apaixonou por ela. Só não entendo como ela pode fazer o que fez com a nossa família.

Nada do que ocorreria a seguir faria sentido. O que mais me intrigou nessa viagem ao Canadá foi a rapidez como tudo aconteceu. Desde que me entendo por gente não vejo meu pai tão confiante. Deve ser pela profissão e *Point Pelee* é famoso por isso. Se não fosse pelas monarcas, imagino que seria uma viagem maçante, mas ver aquelas borboletas justo em outubro, ao final do ciclo da migração para o sul, me fez exultar, mesmo com o risco de perder o ano letivo. Ele não explicou nem deu uma justificativa para seus planos, e resolvi não perguntar. Aquela notícia tinha sido a melhor dos últimos tempos. Cheguei a fazer um taumatrópio, palavra um tanto difícil, mas foi meu pai que me ensinou como fazer. Filha de professor sabe dessas coisas. Desenhei uma borboleta de asa baixa e outra de asa alta num círculo, e, girando o barbante que amarrava de um lado e de outro o meu desenho, sempre poderia ter uma borboleta voando perto de mim. Bem que podia aparecer uma borboleta para ele! Já fiz de tudo para conseguir que ele conversasse comigo sobre a vida. Ele quase morreu de vergonha em falar sobre sexo, como se ninguém praticasse o esporte, ainda mais na idade dele. Parece um padre! Tia Mirella não disfarça, gosta dele, apesar de viajar muito. Ela é um bocado importante, é o que me parece, pois se veste muito bem. Não sei como ela conseguiu notá-lo, mas amor é amor, apesar do jeito esquisito que ele tem! Meu pai devia olhar mais para ela do que para esses pássaros, que não esquentam a cama de gente grande. Estou quase lá, não vai faltar muito para eu liberar minha vontade de conhecer o que é amar de verdade. Bem, não adianta ficar atormentando meus miolos com o meu pai – ele parece que não tem jeito.

Andei lendo sobre a devoção dele antes de viajarmos. Tem tanto pássaro quase em extinção, como minha mãe, quase extinta. Pensa que filho não sente saudade! Devia ver o Diogo quando ele chora à noite, chama por ela dormindo. Eu sei que ela mora longe, mas podia telefonar! Pedi tanto que ela não nos deixasse. Foi impossível, quase uma tragédia. Meu irmão ficou agarrado à roupa dela, cheio de ranho e babando. Meu pai colocou o Diogo no colo até que ele dormisse. Eu me tranquei no quarto, não queria ver tanta injustiça com um filho e com o meu pai.

A primeira vez que vi aquele homem foi como se uma nuvem de fumaça preta encobrisse meus olhos transpassando meu peito chocado. Minha mãe estava transtornada, não sei se essa seria a palavra certa para definir o que ela revelava em seu sorriso trêmulo. Ela era uma máscara de cera branca, igualzinha às gueixas, mas sem batom. Sua boca estava gelada e contraída. Foi o que senti quando ela me beijou, sem dizer uma palavra para justificar o que estava fazendo. Meu pai, como um derrotado, abriu a porta para que ela saísse. Tenho certeza de que ele aceitaria qualquer coisa para ela não ir embora. Meu irmão depois disso ficou gago, agora parece mais conformado e consegue debochar da dificuldade em se comunicar – tem dias que ele fala pelos cotovelos sem titubear, como se suas teclas estivessem hidratadas de desejo de comunicação. Depois voltam a ser velhas engrenagens, batendo na mesma sílaba, várias vezes, espremendo o som de percussão na garganta até seu pensamento correr sem dificuldades. Eu tento ajudá-lo, mas ele diz que a cura não deve demorar para chegar. Como se a cura fosse uma pessoa que viesse a cavalo para salvá-lo do pântano, onde sua fala morre enterrada todos os dias ao se lembrar que, um dia, ele foi amado pela nossa mãe. Meu pai e eu somos loucos por ele. Outro dia meu irmão falou tão engraçado que eu o agarrei até que ele brigasse comigo.

– Puxa a rolha do ralo da minha garganta!

Rimos os três juntos da alegria do meu irmão. Nós somos desse jeito, unidos que nem suspiro quando sai do forno, grudados um no outro.

Bem, tudo isso é muito fácil de falar, mas viver é que é difícil! Meu irmão aos poucos vai se acostumando.

Nossa, que lugar lindo! O avião tinha descido numa ilha dentro do lago Eire. É tudo muito grande. Estudei os lagos canadenses na escola e não imaginava uma coisa tão gigantesca. Meu pai passou a viagem sem dar uma palavra – já o vi assim, mas não viajando. Foi depois daquele fatídico dia que o escutei falando em alemão. Esqueci de dizer que meu pai é poliglota, fala muitas línguas! Se eu tivesse um pouco da facilidade que ele tem, teria melhores notas em inglês. Só consegui entender que ele falava da minha mãe, quer dizer, creio que entendi o nome dela. Ele gritava nervoso, tremia, parecia com raiva. Algumas palavras me eram familiares.

Quando éramos pequenos, ele brincava conosco tentando treinar nosso ouvido. O Diogo foi quem puxou o dom do meu pai. Pena que ele não estava acordado – teria entendido tudo. O que mais me espanta é que no começo tínhamos notícias dela, mas há seis meses não sabíamos da minha mãe, e há algumas semanas ela teve a coragem de escrever para pedir dinheiro ao meu pai! O mais incrível foi que ele mandou o dinheiro, ficou com pena. Bem, não posso falar assim, ele simplesmente não consegue ser diferente. Eu que não mandava o dinheiro para um número de conta, sem o endereço de onde ela mora! Sei lá o que se passa no coração de meu pai, ou então ele sabe de alguma coisa que eu não sei. A verdade é que ele não me contou a história, fui eu que a descobri. Eu reconheci a letra e me adiantei para abrir. Sabe como é coração de filha... Fica sempre esperando por uma rendição por parte da mãe dizendo que a ama. Quanta ilusão! Penso assim por causa do Diogo. Fiquei com raiva quando vi o pedido. Quase rasguei a carta, mas a nossa funcionária notou a decepção e tomou a carta da minha mão, guardou e deu para meu pai assim que ele chegou. A cara dele quando viu que o envelope estava violado... Ela explicou que foi sem querer e ele fingiu acreditar para não ter de me dar maiores explicações. Corri para o meu quarto, cheia de revolta, mas não tinha o que fazer. Desliguei de vez meus sentimentos em relação a ela. Foi a melhor coisa que fiz. Se a gente não tem o que quer, é melhor se conformar com o que tem, em vez de reclamar. Toda vez que falo da minha mãe uma sensação estranha me confunde, como se as coisas não acabassem aqui, num sentimento tão mais forte do que eu. Um vazio misturado de esperança e desejo de reconciliação. Bem, devo admitir que mãe causa uma forte impressão nos filhos.

Foi num desses dias em que o vento para, e o final de tarde avança pelo céu do Verão, nos fazendo ficar extasiados com a cor do sol poente, como se Deus tivesse pintado com tons de rosa ao laranja e amarelo o horizonte onde ele mora só para nos agradar, fazendo-nos acreditar que

Ele é o grande mestre. Meu pai como sempre cochilava na rede da varanda, com o *iPod* ligado tocando velhos sucessos. A nossa funcionária veio com uma pequena caixa que tinha sido entregue pela companhia aérea. Num sobressalto de quem é tirado de uma caverna, ele recebeu a pequena encomenda e a abriu lentamente ainda torpe. Eu lia um livro para a escola, *Capitães de Areia*, do Jorge Amado, distraída pelas histórias baianas, e ouvi um não abafado saindo da boca do meu pai. Levantei os olhos para entender o que acontecia. Sua fisionomia foi aos poucos se fechando, os olhos se contraindo, a boca retesando, e, num rompante, ele picou o papel em mil pedaços, com uma raiva que eu nunca pensei que pudesse sair do seu coração. Levantou, pegou o carro e saiu. Não deu explicações, e, quando voltou, eu também não perguntei. Nem o Diogo conseguiu fazer com que ele risse. E olha que o Diogo é o queridinho – ele se parece com ela. Os mesmos cabelos lisos e grossos. Eu adoro o brilho dos cabelos do meu irmão, ao contrário dos meus, que vivem me irritando pela rebeldia.

Não tinha ideia do que poderia ter feito meu pai ficar tão bravo.

Percebi a música do Frank Sinatra: *Quiet nights... Quiet dreams... The meaning of existence, oh, my love...*

Felicidade! Era disso que ele precisava para abrir de novo seu coração. Enchi-me de boas intenções, mas o dia estava acabando e eu precisava dormir cedo para não perder a hora.

* * * * *

OS PÁSSAROS

– Estamos quase chegando, é o que o GPS está me dizendo – falou papai.
– Será que tem barco na casa? Adoraria remar um pouco – falou Diogo.
– Tem barco, claro, só não tem ninguém para ajudar. Terão de fazer tudo, inclusive cozinhar.
– Bela notícia!
– Deixa disso, Mariana, uma coisa de que nunca se queixou foi de cozinhar.
– Se minha comida fizesse você ficar mais em casa, eu passaria os dias no fogão. – De rabo de olho, pude perceber o nervoso dele ao ouvir o que eu acabara de dizer.
Ele piscava sem parar. Levou alguns segundos para me responder.
– Desculpe, não é culpa sua eu não ficar em casa.
– É da minha mãe, eu sei – falou Diogo.
– Sabe nada, cala a boca, não fala besteira, Diogo!
– Posso até calar a bo-bo-bo-bo-bo-bo-ca-ca-ca-ca, não o meu coração.
Meu irmão era pequeno, gago, mas cheio de novidade!
– Nunca abandonei vocês.
– Também só podia: órfãos de pai e mãe!
– Pa-pa-pa-pai, eu na-na-na-na-na-não me-me-me--me-me-me-re-re-re-reço Que desgraça! Essa minha voz emperrada.
Acabamos por rir da situação, livrando meu pai de mais um capítulo sem explicação. Mesmo achando a viagem o

máximo, alguma coisa não batia na pressa para embarcarmos para o Canadá. Papai justificou, com a oportunidade de encontrar uma casa, a dispensa de uma semana da faculdade e as pesquisas interrompidas. Tudo para ver passarinhos! Difícil de acreditar, mas, como ele nunca mentia, só omitia, poderia ser verdade!

– Como foi que achou essa casa? Estamos em plena temporada das borboletas monarcas?

– Achei que iam gostar da ideia de ver as borboletas e eu tenho a oportunidade de observar os pássaros.

– Ainda não respondeu ao que perguntei. Ainda bem que estamos no carro e sem espaço para dizer que precisa trabalhar.

– Tenho muitas responsabilidades e investidores no meu trabalho. O maior deles é um fazendeiro de Goiás. Que bom existirem pessoas como ele, que tem prazer em financiar as pesquisas relativas à natureza. Lembra quando ele mandou o avião para que eu pudesse sobrevoar a Amazônia? Foi um espetáculo!

– Não adianta pensar que vou esquecer a minha pergunta, não sou mais uma criança!

– Tem razão, foi coincidência. Mirella telefonou, dizendo que tinha conseguido essa casa, ela me conhece o suficiente para fazer uma proposta dessa natureza.

– Mesmo com o Diogo correndo o risco de perder o ano letivo?

– Ele não vai perder o ano. Viemos por uma semana. A diretora do colégio entendeu.

– Quem pagou a viagem?

– Minhas economias!

– Não pensei que tivesse dinheiro sobrando no banco!

– E não tenho, mas para isso dá-se um jeito.

– Então, vou precisar dar um jeito para ver se consigo um pai mais generoso com as coisas que quero comprar. Pensei que seu salário fosse o de um professor.

– Realmente é. Recebo algumas comissões pelas minhas publicações e fotos, e sou pago por algumas pesquisas.

– Isso eu não sabia. Que bom!

– Pois é, nem tudo é o que você pensa.

– Pai, me desculpe, mas não penso sobre tudo, como imagina. Só penso naquilo que sinto e vejo e atualmente tenho visto muita coisa que não tenho entendido.

– Nossa vida continua a mesma, devia deixar de pensar e alucinar.

– Eu não disse nada, você está colocando palavras na minha boca.

– Seu irmão dorme? Mariana, conseguiu trazer as roupas que pedi?

Nossa, meu pai falou meu nome, normalmente ele me chama de pequena! Sempre achei que não chamar a pessoa pelo nome deve ser a mesma coisa que morrer, sem deixar boas lembranças aos que ficam. Mariana! Devia mudar o meu nome para Ana!

– Trouxe o que tinha. Para o Diogo também.

– Que bom!

– Que bom?! O senhor sempre briga quando levamos muita roupa!

– Dessa vez é diferente.

– Diferente? Acho que o meu pai foi abduzido por um ET da simplicidade e recolocado na Terra por um ET da moda.

– Mariana, por favor, sem respostas grosseiras.
– Eu? Respondona? Melhor do que pai abduzido!
– Estou tão diferente assim?
– Ultimamente o senhor tem sido mais atencioso. Quer dizer, na última semana.
– Impressão!

Papai voltou ao seu tempo e ao seu mundo particular, onde crianças interessadas não têm respostas para caminhar nos trilhos do pensamento. Seu olhar era atento somente à estrada. Seu coração procurava um motivo para continuar seguindo fisicamente como nosso pai e mãe. Melhor não me importar com ele, ia detestar saber que estou pensando em abandono. Nem se ela voltasse, não seria o mesmo pai de antes. Nem o Diogo seria o mesmo irmão.

As borboletas já enfeitavam as árvores e sorviam o néctar das flores para aumentar a capacidade na viagem para o sul. Aos pares ou em pencas, colorindo tudo que podíamos ver. Era tão bonito que, mesmo a nossa vida estando confeitada por uma glacê de tristeza, seria possível sentir meu coração cheio de amor e alegria por aquelas asas da minha idolatria. Ser uma borboleta e ter uma vida curta, cheia de coisas boas, poder usufruir o que de mais lindo existe no mundo, as flores do planeta. Tão frágeis e tão importantes para uma menina como eu. Fechei os olhos para me juntar às queridas amigas. Imaginei-me sobrevoando o mar, as árvores e as plantações. Nossa, que lindo, um macho borboleta! Está se aproximando. Que solavanco! Meu pai caiu num buraco!

– Pequena, você ainda está acordada?
– Estou, por quê?

– O pneu furou. Vou precisar de ajuda com as malas. Acorda seu irmão.
– Deixemos que ele durma, nós dois podemos nos virar.
– Assim é que se fala.

Meu pai saltou do carro com pressa, abriu o porta-malas. Colocou o binóculo sobre o teto com bastante cuidado, já que estávamos perto da mata, na possibilidade de encontrar algum pássaro raro. Arrumei as coisas que estavam próximas ao jipe. Não demorou muito e ele começou a suar para soltar os parafusos. Foi quando ouviu o canto de um pássaro que eu não tinha a menor ideia que pudesse ser tão raro, como mais tarde argumentou. Parou o que estava fazendo e correu para pegar o binóculo, a máquina de fotografia e seu bloco de anotações. Foi o maior desânimo, pois sabia perfeitamente o que nos aguardava nas próximas horas. Torci para que o pássaro fosse embora, mas, para alegria dele, o raro estava próximo ao ninho, e ficaríamos ali por horas, enquanto não estivesse satisfeito com o que tinha encontrado.

– É um pássaro local bastante raro, um *bluebird mountain*. Nunca pensei que ia ver um desses!

Entrei no carro sem dizer uma palavra, peguei o livro que começara a ler, o *iPod* e me preparei para esperar. Notei logo adiante uma passagem, como uma grande ponte sobre a água, muitas borboletas formando uma nuvem multicolorida entre rosas, amarelos, laranjas e roxos. Era fascinante, e a vontade de me aproximar delas me fez sair do carro e andar para aquele lugar mágico. Meu pai nem percebeu, continuava entretido com o seu pássaro. Eu tinha virado uma ouvinte fanática dos Beatles, *She loves you ié ié ié, she loves you ié ié ié*. Envolvida pelo ritmo daquelas asas e quase levitando quando ouvi alguém chamando.

– *Miss, miss!*

– Não conheço ninguém nesse lugar! Quem quer falar comigo?

– *Please, can you help me?*

Ao primeiro momento pensei que alguém sabia que eu gostava dos Beatles e queria ouvir a música "Help me", já que o som saía dos alto-falantes embutidos na minha mochila. Notei um rapaz que acenava.

– *Please, do you speak English?*

– *Of course.* – Fiquei contente em poder praticar. Entendi que ele atolara, com suas enormes calças de suspensórios, no lago ao lado da ponte. Vestia uma roupa toda camuflada, chapéu e um apito de chamar pato pendurado no pescoço. Em uma das mãos, uma espingarda. A princípio, fiquei receosa ao ver a arma, mas o olhar do rapaz parecia amistoso e, pela primeira vez, não tive medo de um desconhecido. Ele me pediu que pegasse a corda próxima à ponte, a amarrasse numa das traves do pontilhão e jogasse para ele. Obedeci sem questionar. Ao se desvencilhar de onde estava atolado, vi que era um bocado alto. Bateu os pés no chão e esticou a mão para me agradecer.

– *Thanks. My name is Greg.*

– Mariana – respondi com o meu nome, mas não consegui dizer uma só palavra em inglês. Aparvalhada era a palavra certa para definir o meu momento.

A mão do gigante à minha frente era áspera e grande, engoliu meus pequenos dedos num aperto forte e decidido. Não sei exatamente o que se passou pelo meu peito, mas me pareceu uma corrente elétrica fazendo meu coração disparar. Desviei o olhar com medo que ele percebesse, mas nem que eu fosse a mulher mais linda do planeta ele não poderia adivinhar o que tinha se passado comigo. Tranquilizei minha mente, não o coração. Ele estava mais interessado em achar o pato que acabara de caçar. Assustei quando gritou.

– *Buck, here!*

De dentro da água saiu um cachorro que, sem muita certeza, pensei tratar-se de um *pointer* branco com a cabeça preta. Trazia um pequeno pato na boca. Quase vomitei ao ver o bichinho morto. Meu pai odiaria esse homem! Não suporta quem faz mal aos bichos. Um ecologista ferrenho! Acho que ele percebeu meu desapontamento ao ver o animal na boca do seu cachorro. Abriu as mãos como se pedisse desculpas pelo ocorrido. Falou que era a primeira vez que caçava patos e que o cachorro era de um amigo de infância. Foi um alívio saber que ele não tinha trucidado outros animais por esporte. Ouvi meu pai chamando, me despedi e corri ao encontro dele.

– Há quanto tempo sumiu daqui? O Diogo acordou te procurando. Quem era aquele sujeito com quem falava?

– Um caçador de patos – falei de pronto para que ele me deixasse em paz, sem perguntas e amedrontamentos sobre rapazes.

– É bom que fique longe da nossa família. Que gente esquisita! Matar por esporte. Ele tem nome?

– Não sei, fui ver o cachorro. Pareceu-me amigável.

– Espero que não atire, por esporte, no cachorro também.

– Não precisa exagerar.

– Quem consegue matar bicho deve ter facilidade em atirar em qualquer coisa.

– Tá bom, pai. O senhor já conseguiu trocar o pneu?

– Não.

– Precisa de ajuda?

– Que fique aqui. Já anotei e fotografei o que queria. Sorte sua, estou feliz com o que vi.

– Desde quando o senhor fica bravo, se sou um pouco independente?

– Não estamos no Brasil, tenho medo de te perder.

Era a forma de dizer que gostava de mim! Ouvimos um latido. Virei e vi que o Buck corria na nossa direção, e, acompanhando um pouco mais lento, vinha o tal do Greg, carregando o seu alvo e o nosso desconforto.

– Não é possível que precise ser amistoso com um matador de animais!

– Eu dou um jeito, digo que o senhor tem pressa e que não fala inglês.

– Como se isso fosse uma desculpa.

– *Good afternoon* – falou timidamente o camuflado.

Mesmo tendo uma voz sonora e gentil, meu pai torceu o nariz, sem nem, ao menos, dar uma chance.

– Você me parece bem depois de atolar no lago. Estamos com pressa e meu pai não fala inglês.

– Não se preocupe, eu falo português.

Foi nessa hora que notei o cabelo bem cortado e uns olhos azuis, que me fizeram perder o fôlego por segundos, como a água do mar, absolutamente transparentes.

– Por que não me disse?

– Não sabia de onde era. Ouvi o português ao longe. Trabalhei no Brasil por alguns períodos. Gosto muito do seu país.

– Já que fala português, qual é a sua profissão? – Perguntou meu pai.

– Profissão? Sou advogado, mas aprendi a falar o seu idioma com um amigo taxidermista. É o meu *hobby*.

– Do que precisamente se ocupa?

– Muitos negócios. Seu nome?

– Professor Antonio Villaforte.

– Professor em que área?

– Ornitologia. Como pode ver, adoro pássaros, e o senhor acabou de fazer um desfavor e uma agressão às minhas crenças, matando essa linda espécie de pato selvagem.

– Não foi minha intenção agredir ninguém.

– O senhor não me agride, mas, sim, à natureza. Provavelmente, o senhor não deve comer carne?

– Sou vegetariano.

– Pelo visto, um advogado arrogante. Sou o pai da Mariana.

– Mais uma vez, sou mal interpretado. Longe de mim ser arrogante com quem prontamente me ajudou. Não se precipite com seu julgamento.

O que era aquilo? Nunca vi meu pai tão nervoso, mesmo não concordando com o camuflado. Resolvi intervir para que não ficasse impossível de se conviver. Parecia que a conversa não ia parar por aqui! Estiquei a mão me despedindo do caçador.

– Até qualquer dia. Estamos numa casa alugada em *East Beach*, *Moonrest Cottage*.

Passo por lá a qualquer hora dessas, claro, se não for inconveniente.

– Acho que não vai nos atrapalhar. Passe para um café – falou Mariana.

– Arrisquei um olhar para o meu pai. Quase caí na gargalhada – seu rosto contrariado, balançava a cabeça e respirava com força, fazendo com que suas narinas ficassem dilatadas. A expressão cínica me fez lembrar dos amigos de escola, e concluí que todos os homens são iguais – têm ciúmes de suas mulheres, filhas, namoradas ou esposas. Disfarcei acenando e colocando uma das sacolas para dentro do jipe. Buck latia, saltando e pedindo um pequeno salaminho de cachorro que o Greg tinha tirado do bolso. Ouvi quando incitou o amigo para voltarem ao lago.

– Que desaforado... vai continuar sua matança.
– Pai, relaxa, o senhor sabe que aqui é permitido.
– Eu sei, é verdade. Preciso me acostumar, não consigo imaginar conhecer alguém assim. Quando estão longe da gente, é bem mais simples pensar que não existe esse tipo de esporte! Outra coisa, pequena: não gostei que deu nosso endereço para esse rapaz. Nem sabemos quem ele é!
– Já coloquei as malas no carro – falou Diogo sem gaguejar.

Abri um sorriso escancarado para meu irmão. Era um bom sinal.

– Bem melhor ligar o GPS do carro – falei.

Papai não deu uma palavra, dirigia com calma e habilidade. Eu pensava no Greg e na forte impressão que ele me causara. A verdade é que nunca achei muita graça nos garotos da minha idade, sempre nos gozando, não tinham assunto que me fizesse respeitá-los. Meu pai, por ser professor, nos fez entender o conhecimento como normal e corriqueiro. Pensando bem, foi o jeito enigmático e sincero que me atraiu no Greg. Não entendi como agressividade, talvez seja pouco conhecimento da língua – deve ser isso. Nunca mais vou ver esse cara.

– Falta pouco, em poucos metros chegaremos à casa.

Papai estacionou o carro ao lado da porta de trás, junto a um pequeno jipe já estacionado. Um senhor veio nos encontrar para nos passar a chave e nos dar algumas informações sobre o parque e a casa que tínhamos alugado. Sem muitas palavras e bastante profissional, ele nos mostrou onde ligávamos as luzes, a chave geral, o ar-condicionado, a TV, o fogão, a máquina de lavar roupa, e nossos quartos. Saímos para conhecer o bote a motor, as varas de pescar, as bicicletas e o telefone. Deu-nos os números dos telefones importantes dos serviços do parque, passou seu código do rádio e ensinou onde poderíamos comprar alguns mantimentos de que pudéssemos precisar. Agradeceu por estarmos ali e saiu.

Meu pai, ainda nervoso, não perguntou mais nada sobre a casa. Teríamos que descobrir sozinhos as outras coisas que poderíamos fazer nos arredores do parque. Não demorou muito, ele recebeu um telefonema – o celular apitava dentro do bolso da camisa –, e atendeu afobado.

– Como vão as coisas? Conseguiu se comunicar com eles?

– Sei... sei. Estou esperando.

– Ainda não sabe o dia certo?

– Tenho muito o que fazer, acabamos de chegar. *Flieht sofort, so schnell wie möglich!*

Olhei para o meu irmão para ver se prestava atenção à conversa, mas ele continuava nos afazeres da chegada. Fiquei desapontada, pois seria o único a me ajudar a entender a aflição do papai com o telefonema. Diogo cochichou ao meu ouvido.

– Ele disse que eles precisam fugir o quanto antes.
– Como é que sabe?
– Esqueceu que estudo alemão no colégio? – Falou sem gaguejar.
– Não esqueci. Quem precisa fugir. Papai tem agido estranho, não acha?
– Realme-me-men-te ele-ele-ele anda um pouco atrapalhado.

Às vezes, era assim, em algumas palavras gaguejava.
– Gostei de conhecer o Greg.
– Você me pareceu animada, ma-ma-mas ele-ele-ele é be-be-bem mais velho!
– Não faz mal, é como eu gosto dos rapazes.
– De-de-dei-xa de con-con-con-ve-ve-ver-sa fiada. Vem me a-ju-ju-ju-ju-dar!

Não conseguia deixar de pensar na conversa do papai ao telefone. Uma vez cheguei a pensar que ele fosse espião, tão estranho se comportava, apesar de não ser um cara atirado para aventuras. Acabei deixando de lado essa teoria ridícula e chegando à conclusão de que era mesmo desligado. Minha mala não acabava de tanta roupa, mas estava quase terminando quando o Diogo veio me dizer que papai estava sentado no carro e de lá não saía nem com o pedido dele.

– O que foi?
– Estou um pouco cansado da viagem.
– O senhor parece nervoso?
– Muito!
– Posso saber?
– Ainda não, nada para se preocupar. No momento certo as coisas aparecem.

– Que coisas?
– Uma hora dessas eu explico. Preciso ficar com os meus pensamentos.
– Ok. O senhor não vai entrar?
– Vou.

O assunto morreu ali do mesmo jeito que nasceu da minha boca, e ele voltou a sair sem nos avisar. As malas foram guardadas num espaço embaixo da escada de madeira que levava ao segundo andar da casa. As tábuas da escada rangiam. A madeira clara e a balaustrada pintada de azul desbotado como o resto das janelas. A casa, também feita de madeira, era aconchegante. Um mastro alto hasteava a bandeira canadense, que tremulava com a brisa morna. Saí para olhar o lago, calmo e tranquilizante, um pouco de areia chegava quase à porta da casa. As plantas nativas, sem nenhum tipo de paisagismo. Uma boia vermelha e uma rede eram os objetos disponíveis para nosso uso. Enfileirados ao lado da casa e abrigados da chuva e do vento, vários caniços de pesca e duas varas grandes com molinetes dourados. Observava com bastante calma e prazer os momentos que nos esperavam quando o Diogo me chamou, avisando que o celular do papai tocava sem parar, mas ele não conseguia encontrá-lo.

– Daqui a pouco ele aparece. Deve estar dando uma volta pela redondeza.
– Já an-an-an-de-de-dei por aí, não sei onde ele foi.
– Senta aqui, pertinho de mim.
– Bo-bo-bo-bo-nito.
– Até agora estou me perguntando o que estamos fazendo no Canadá. Papai nunca foi dessas viagens rápidas. É sempre tão ocupado. Essa história toda cheira à confusão.

– Re-la-la-xa-xa-xa, não é assim que você fala quando fico nervoso?!
– Não consigo, não consigo deixar de pensar. Shh! Vamos mudar de assunto. É a voz do papai.
– Já terminaram?
– Seu celular estava tocando, achei melhor não atender.
– Por que não me chamaram?
– O senhor acabou de chegar.
– Onde colocaram o celular?
– Não procuramos – mentiu Diogo, sem gaguejar.
– Não percam tempo. Os meus anjos não têm a tarde toda e pode ser importante.
– Importante para quem papai?
– Para nossa família.
– Desde quando um telefonema pode ser tão importante assim?
– Desde que chegamos aqui.
– Um se-se-nho-nho-nhor pa-pa-parece um tan-tan--tanto mi-mi-misteri-o-o-o-so.
O telefone tocou novamente, dessa vez papai correu para atender.
– Mirella? Onde exatamente é esse lugar?
– Estou atento, pode deixar. Tchau.
– Posso falar com a tia Mirella?
– Não dessa vez, em breve vai poder falar com ela.
– Que pena!
– Vamos deixar para mais tarde.
– O senhor é um mestre do "mais tarde". Como se eu ainda fosse uma criança e não entendesse que existe uma coisa muito bizarra nessa história toda.

– Nem criança, nem estranha. Agora me ajuda a arrumar os papéis. Amanhã iremos fazer um passeio pelo parque.

* * * * *

O ADVOGADO

– Fred, você não vai acreditar! Acabei de encontrar o professor Antonio Villaforte – falou Greg ao telefone.
– Como pôde identificá-lo?
– Foi pela foto, não pensei que ele tivesse vindo com os filhos! Mariana, a filha, me resgatou quando atolei no lago. Parece que gostou do Buck, ele é um bom cachorro.
– Nosso escritório aguarda notícias.
– Farei contato com Berlim. Meu cliente conseguiu alguma informação concreta sobre os filhos?
– Soube que já havia expedido outro comunicado de sequestro para a polícia da França.
– Outra acusação de sequestro? É muito grave.
– Já argumentei que, se eles provarem que têm autorização do pai para viajar, o jogo pode virar, mas ele me parece irredutível!
– Com que alegação?
– Alegação religiosa e de raça. Ele precisa saber das consequências!
– Ele fez por conta própria. Já avisei, disse que não concordamos e que não assinaríamos o pedido. Sugeri outras formas de conseguirmos que o desejo da família se concretize.
– Bem, se a coisa se complicar, vou abandonar o caso. Não quero envolvimento com racismo, religião nem com etnias. Meu trabalho não permite, posso atrapalhar minha carreira, sou principiante nesses conflitos. O escritório já me avisou dos riscos.

– Acredito que esse caso vai ganhar fama internacional.
– Bem, é verdade, um pouco de projeção não faz mal para carreira de ninguém.
– Precisamos solidificar os argumentos de acusação. A defesa fica por conta dos fatos. Acredito que não vai ser difícil. O papel do Estado na Alemanha é forte.
– Vamos estudar as possibilidades, as coisas podem ocorrer de modo imprevisto. O professor me pareceu um homem digno, não uma pessoa que desiste facilmente.
– Contra a lei não podemos fazer nada. Assim que fizer contato, me telefone.
– Abraço, Greg.
– *Bye*, Fred.

BERLIM
2011

Voltava para casa depois de sair do antiquário, caminhava em direção ao metrô, passando por toda aquela gente de preto, como pinguins de cabelo colorido e nem de longe próximos ao caráter e determinação dessas aves tão fofinhas. Ufa!

As ruas estavam cheias de gente bonita e estranha, que fumava trocando amenidades e rindo, talvez não tão amenas quanto eu imaginava. Muitos dos garotos e garotas tinham as orelhas lotadas de brincos, além de *piercings* no nariz e boca, e os braços tatuados com vampiros ou diabos, esquecendo que um dia vão ficar velhos! Não conseguia deixar de questionar se o ar escapava pelo buraco feito na cartilagem do nariz, mostrando que chamar atenção ou fazer parte de uma tribo reina na cabeça do ser humano por séculos.

Pertencer. Essa é uma palavra um tanto estranha. O que motiva o ser humano a pertencer? Somos tão intensos e imaginativos, e não somos nada quando morremos. A quem importa se estou triste ou feliz? Aos bons e gentis amigos? Eles também se encolhem dentro de seus sucos purgativos, escondendo vaidades e dúvidas, transvestidos de aparências, sem que isso justifique nossas escolhas. Pode parecer cruel, mas entendo que somos como uma capa de boa vontade externa. Capazes de fazer chorar, rir, odiar sem parâmetros e amar com profundidade. Sermos meigos, amorosos e, ao mesmo tempo, odiar e agredir por amor.

Hoje nada faz sentido para mim. Quando entrei em contato com a tristeza de Sacha, passei a questionar tudo e todos. Essa talvez não seja eu, mas cheguei à conclusão de que preciso me perdoar: encontrar o umbigo em que deixei a minha vontade e a minha fé inabalável. Enquanto descia as escadas para pegar o trem, pensei no pai horrível que tive! A dor física não é o pior dos mundos, mas a voz metálica dele ainda corrói meu espírito e a minha vontade – você se torna um nada e, justamente, pela pessoa que jurou, um dia, te amar!

Ao meu lado estava sentada uma moça com um bebê no colo. Roberta pousou na minha imaginação e novamente lembrei do seu terceiro parto, quando Astana, filha de Itkul, nasceu. Gertrude, desarvorada pensando que a neta morreria no parto, prometeu tudo para que Roberta sobrevivesse – foi quando cheguei do Brasil. Astana nasceu muito pequena, ficou três meses na UTI, e Roberta lutou por sua vida como uma leoa. Como apreciei minha filha naqueles dias, e, se eu não tinha orgulho da minha vida, tinha orgulho do esforço que ela fez para continuar viva. Apesar de não gostar de Gertrude, ela era uma boa avó para Roberta. Celi frequentava a escola pública, com a população turca da cidade. Apesar de não suportar Itkul, ela se dispunha a tomar conta da pequena Astana quando Roberta solicitava. Malik já não morava com eles. A justiça tinha colocado o menino numa casa de família aceita pelo Estado até que tudo tivesse sido esclarecido. Roberta pediu ao Estado para que Malik tivesse autorização para ver a irmã, mas o tio, que brigava na justiça pela guarda do menino, não permitiu. Roberta passou a noite em prantos.

Eram como pessoas estranhas para mim, apesar do laço com minha filha como avós paternos. Não sei se, por minha causa ou por defesa, ela desenvolveu seus argumentos sobre as minhas falhas como ser humano. Quando, na época, me deram a notícia no Brasil de que Roberta teria seu terceiro filho e que estava com ordem de prisão decretada, não tive dúvida do que deveria fazer – foi por um amigo dela, que já tinha falado comigo uma só vez.

Precisei contar a verdade para o professor, que se tomou de raiva e não me olhou mais nos olhos. Não sei se me arrependo da falta de coragem em enfrentar a verdade. Quando fiz aquela escolha, não pensei nas consequências. Hoje percebo o quanto errei. Joguei por água abaixo tudo que havia construído com ele. Lembro como seus olhos atiravam flechas no meu peito ao saber que eu tinha uma filha na Alemanha. Meu filho, Diogo, e minha filha Mariana choravam. Tenho certeza de que a partir daquele momento ela riscou meu nome do seu coração. Um dia, quem sabe, ela possa entender. Eu preciso confiar na natureza, no fluxo da vida. Hoje creio que não seria bem recebida, mas ainda tenho esperança em meu caldeirão de desassossegos. E quem sabe tudo poderia ser esclarecido e eu perdoada.

Havia chegado ao apartamento. Subi as escadas de forma pesarosa. Meus problemas não aliviavam o cansaço. Tirei o casaco, chutei as botas para cima, arranquei as meias de um dia inteiro e as arremessei no cesto de roupa suja. Tirei a calça e a deixei do jeito que pousou ao chão. Joguei a camisa sobre o sofá, como numa atitude de rebeldia. Liguei a canção de Henri Salvador, *Monsieur, Le Bon Dieu*, que me fazia rezar. Comecei a cantar. *Avec le soleil, avec l'amour, un peu de chance... Bon Dieu... Protège-moi, je vous en prie...* Repeti o refrão várias vezes para irritação do vizinho de cima. Não dei ouvidos aos seus protestos. Em segundos ele batia em minha porta.

– A senhora poderia se controlar? Preciso dormir, acordo muito cedo. Sua música é alegre e contagiante, mas não muda a minha opinião sobre o silêncio. Adoro os franceses, com seu charme e todo apoio que deram à Alemanha. Passar bem!

Fechou a porta na minha cara sem esperar uma resposta. Não liguei, começava a me acostumar com o jeito alemão de exprimir suas leis. Continuei a cantar baixinho. Aos poucos, o peso das recordações foi se apagando e deixando espaço para um lampejo de alegria. Entrei no chuveiro para tomar um banho rápido, com medo da fúria da zeladora quanto ao óleo para esquentar a água. Sequei meu corpo magro rapidamente, escovei os dentes e me enfiei na cama abraçada à foto de Mariana, Diogo e do professor enquanto questionava por que só conseguia chamá-lo de professor. Adormeci.

Tive um sono agitado com Sacha. Ele era uma criança e tentava fugir de um fogão a lenha colocado no meio de uma relva. Gritava esperneando. Um alemão de uniforme cheio de medalhas no peito sorria ao vê-lo com tanto medo. Ele se acalmou quando me viu. Sorriu, o rosto era pintado como o do retrato em sua mesa.

Acordei cedo com uma péssima sensação. Telefonei para o antiquário, ninguém atendeu. Vesti a mesma calça do dia anterior, uma camisa cheirando a sabonete, e saí. Passaria para tomar um café na rua. Entrei num pequeno bar, duas esquinas abaixo da minha casa, e pedi um café expresso e um pão com salsicha. Aquilo me sustentaria por algumas horas. Roberta não ia precisar de mim tão cedo e eu não tinha trabalho naquele dia.

Parei ao ver uma mulher caída no chão – a senhora disse que tinha sido empurrada. Ajudei a mulher a se levantar, ela me agradeceu gentilmente. Foi quando senti um esbarrão. Acostumada a usar uma bolsa preta que atravessava no ombro, o zíper tinha quebrado, mas continuava sendo a minha predileta. Enfiei a mão na bolsa e tirei uma revista de papel de baixa qualidade, escrita em árabe. Gelei. Aquilo tinha a ver com Itkul! Eu não tinha dúvida. Não segui para o antiquário, resolvi voltar ao bairro turco. Estranhava aqueles costumes, mas tentei não incorporar desavenças contra o controle excessivo sobre o direito das mulheres. Parei no primeiro estabelecimento e pedi para que o balconista fizesse o favor de ler o que estava escrito no cabeçalho da revista, já que muitos falavam vários idiomas. Ele disse que não sabia ler em árabe. Logo atrás, um homem que julguei que me seguia se prontificou. Leu rapidamente e disse para que eu não me preocupasse.

– São reivindicações dos imigrantes aqui na Alemanha.

Um tanto quanto nervosa enfiei a revista na bolsa para mostrar a Roberta. Caminhei pelas ruas com a impressão de que todos me olhavam como inimiga do Islã. Telefonei para Roberta, que atendeu com a costumeira voz de quem nada sabe e não se interessa pelo que desejo falar.

– Bom dia, dormiu bem? – Perguntei, sem muita preocupação.

– Acho que sim, nossa janela foi quebrada durante a noite. A Celi chorou muito, mas dormiu em seguida.

Hoje de manhã achei uma pedra dentro do quarto dela. Falei com Itkul, mas ele não ligou, disse que tinha estado numa das suas reuniões de trabalho, que foi um pouco tumultuada, e que estava cansado para pensar no assunto.

– Ele encontrou trabalho? – Perguntei, sem demonstrar ansiedade na voz e já mudando de assunto. – A que horas vai precisar de mim hoje?

Percebi que não tinha respondido à primeira pergunta – gostaria de insistir, porém conhecia minha filha e não era hora de causar estresse, acreditei que mais tarde eu iria descobrir.

– Já te disse ontem, às duas. Meu chefe de seção pediu para fazer hora extra. Vai poder chegar no horário que combinamos e ficar com suas netas até às onze da noite?

– Dou um jeito. Arranjei mais uma casa para fazer faxina. Tenho uma entrevista depois do almoço. Beijo.

Andei vagando para fazer hora, vi muitos homens sentados conversando e fumando. As mulheres passavam apressadas, muitas com cestas de comida no braço, quando meu telefone tocou. Era Mirella.

– Alguma novidade?

– Ouvi falar que a família dos seus netos anda se esforçando para que tudo ande rápido. O advogado que contratamos recebeu outra carta, solicitando o telefone da escola da Celi. Querem saber se ela tem frequentado as aulas. Roberta tem se recusado a receber a assistente social – não é uma boa ideia. Nosso plano pode ficar comprometido. Sabe que o pai das crianças também vive sob as leis muçulmanas? O tio é um empresário e tem gasto dinheiro com advogados, não vai deixar as coisas como estão. Telefonou para a Rose?

– A ruiva? Ainda não.
– O tempo está passando, ela é a única que pode nos dar assistência.
– Eu sei, e você também sabe como a Roberta é difícil.
– A minha parte estou cumprindo, infelizmente não podemos nos encontrar às três horas, mais tarde telefono.
– Ok, quando tiver notícias, me liga. – Mirella não esperou resposta e desligou. Faltavam três horas para a entrevista de emprego, e a melhor coisa a fazer era me encontrar com Sacha.

Caminhei margeando um trecho do antigo Muro de Berlim, coberto de pinturas modernas, atordoada pelo carinho que sentia por Sacha, com a alma congelada por aquelas famílias que viveram por tanto tempo separadas. Eu mesma não saberia responder. Um processo de isolamento, de aceitação, culpa visceral regida pela omissão, pelo mal histórico que amargurava o coração de muitos que lutaram para defender a pátria, sem o conhecimento das atrocidades da guerra. Roubados de sua dignidade, vazios de palavras, catatônicos, respiravam medo e revolta na inóspita verdade da fronteira do sonho e da realidade. Não era difícil entender por que se catapultavam, escavavam túneis, se matavam para poder sair daquela prisão imposta pelo governo da Guerra Fria, no controle dos ideais, diante do plano de reconstrução da Alemanha. Os alemães orientais pareciam os únicos punidos por tudo aquilo. Presos a um Estado comunista russo. Não havia esperança, ou futuro, tampouco liberdade. Era o que era, e liberdade é uma palavra grandiosa, que esperneava na minha cabeça. O tempo tornava-se estranho, o inimigo motivava a querer sempre mais e mais, e a culpa petrificava.

Não havia chance nem clima para arrependimento, apesar da capacidade de amar que me defrontava todos os dias, me questionando de que lado me encontrava? O amor paternal, que nunca tive, ou uma mãe ausente, que me amava do seu jeito, às vezes, inconsequente, ou incapaz de se fazer presente. Queria harmonizar os meus olhos para que pudesse desanuviar os espantos do passado. Olhos de catarata, que nos deixam num limbo de observações e de capacidade de enxergar e fazem desaparecer a realidade das cores. O mundo se descortinava, e Roberta ficava à margem dessa oportunidade. Tudo para ela resumia-se ao "é possível". Talvez fosse a melhor forma de ver a vida. Um passo de cada vez. E eu tinha de ter paciência, como se isso fosse fácil.

O Portão de Brandemburgo à minha frente e, por ironia do destino, Irene, a deusa da paz, que dirigia a quadriga com majestosos cavalos, correndo em direção ao leste. Passei em silêncio, imaginando quantas coisas saberíamos se Irene fosse capaz de falar. Poderia nos contar o que viu desde o Império Prussiano, a invasão de Napoleão, até os dias de hoje. Fui abordada por uma moça, perguntando onde era o Museu Bode. Respondi por mímica que não sabia, e ela saiu esbarrando em um homem, com quem deu um encontrão, me jogando alguns passos adiante para, em seguida, sair correndo. Usava uma calça e um casaco preto. Só consigo lembrar os olhos densos do Omar Sharif em *Doutor Jivago*. Apalpei minha bolsa, que parecia mais pesada do que antes. Coloquei a mão e vi um maço de folhas de jornal. Puxei a corda em que estavam amarradas: na página principal uma foto de um grupo de homens gritando, escrito em árabe. Se alguém teve a intenção de me deixar aflita, tinha conseguido. Coincidência ou não, era um fato estranho.

Foquei em chegar ao antiquário o mais rápido possível. Dei-me ao luxo de tomar um táxi, mas Sacha não estava em sua poltrona favorita. Toquei a sineta e esperei por uns instantes, a luz do abajur estava acesa como de costume. Coloquei a mão na maçaneta que suavemente se abriu. Entrei e fechei a porta de vidro atrás de mim. Andei lentamente por entre os móveis, passei pela cortina onde eu tinha ficado escondida. Abri e acendi a luz, percebi uma porta faceando a parede forrada de tecido rosa listrado. Apalpei e senti a textura fofa como a de um edredom. Não havia chave, procurei um jeito para abri-la. Empurrei com força, mas ela não se mexeu. Encostei o ouvido e não consegui ouvir nada; aliás não havia nada, só a porta. Ouvi alguém entrar assobiando, olhei pela fresta da cortina – era Sacha que chegava com uma sacola de papelão. Senti-me envergonhada de entrar sem ser convidada. Timidamente, saí e cumprimentei o meu amigo.

– O que faz aqui a essa hora?
– Nada de importante, só curiosidade.
– Posso notar!
– Estava te procurando.
– Não tem nada! Só uma porta.
– Percebi que ela não abre.
– Não é para ser aberta, guardo coisas valiosas – falou contrariado.
– Desculpe, não foi minha intenção. Gosto de você por alguma razão que não sei explicar.
– Não volte a esmiuçar minhas coisas, pois não faço bom juízo de pessoas curiosas a esse ponto.

– Ainda temos tempo para falar sobre seus antepassados?

– Não gosto de ser rude, não me faça agir assim.

– Está me assustando!

– De forma alguma não pode imaginar o que é viver assustado. Jamais diga isso outra vez. Dê graças a Deus por viver nesta época.

– Desculpe. Percebo que guarda muitas coisas em seu baú de memórias.

– Muitas!

– Quer falar?

– Não! Você é muito jovem para essa conversa.

– Posso ser jovem, mas bastante vivida, meu pai era louco e tentou matar minha mãe na minha frente.

– Melhor falarmos sobre a mesa. É bem mais interessante.

Nossos olhos se cruzaram umedecidos. Pegou o livro, embaixo da cadeira.

– Acho que paramos com a mesa de presente de casamento. Um ano depois, foi ferido gravemente na Guerra Franco-Prussiana e dispensado do exército para uma aposentadoria forçada. Charlotte, inconformada, desistiu da carreira de pianista quando decidiram abandonar o norte da Alemanha, apesar do clima de guerra, e se dirigirem ao sul.

O primeiro passo foi tratar da mudança, e a mesa não seria deixada para trás, pois as datas que julgavam ser importantes na família tinham acontecido sob seu testemunho. E o mais interessante foi terem colocado parte do dinheiro dentro dos pés e das travas da mesa, criando um fundo falso na grossa madeira. Um homem habilidoso era o que se podia destacar e, com muita paciência, conseguiu fazer um sulco profundo na longitudinal para que pudessem esconder o que eles consideravam ser a garantia para o futuro. Compraram as passagens de trem e alguns meses depois estavam a caminho da região da Floresta Negra. As filhas, a essa altura, estavam mais crescidas. Traçaram planos, e a primeira coisa foi comprar uma propriedade para instalar a família.

Enquanto Sacha procurava as fotos, observei que adoraria que ele fosse realmente filho de Odin para lutar contra os lobos da escuridão e o veneno da serpente e povoar o mundo com elfos e silfos.

– O que envolve o seu pensamento? – Falou rindo com sua boca fina e seus dentes amarelados.

– Como sempre me interessei por mitologia, pensei que talvez tivesse sido um dos deuses das runas, na cultura nórdica, num passado distante.

– Nem de longe. Sou apenas um sobrevivente. Morei num campo de concentração por três anos. Tive sorte.

– Sorte!

– Fui escolhido. Nada faria o general desistir de mim.

– Desistir de você? E sua família, onde estava?

– Morreram alguns meses depois que chegamos. Meu pai era um homem ilustre, polonês da Cracóvia, casado com uma judia. Sabe como as coisas aconteciam.

– Não sei não!

– Eu tinha 15 anos quando meu pai faleceu, no Verão de 1942, ele e sete mil judeus. Trabalhava duro na rede ferroviária, com Simon Wiesenthal, o grande perseguidor de nazistas depois da guerra. Antes de morrer, ajudou, com Simon, a enterrar milhares de judeus. O chefe do campo era Gustav Wilhaus, comandante conhecido como *o tiro judeu*. Num dia, ele atirou em 54 prisioneiros para comemorar o aniversário do *Führer*. Incentivava a filha a atirar em crianças do campo. Meu pai era um homem educado e bastante rico, nunca imaginou que pudesse ser preso. Conhecia muita gente importante, que de nada valeu para nos proteger. Ele passou parte da juventude estudando na Inglaterra, seus hábitos eram de lorde. Jamais o perdoaram por essa união, mas, como ele era conhecido do general que atuava no campo de prisioneiros, ficou trabalhando na casa da família do general e depois foi mandado para o campo de concentração. Tudo para que eu pudesse comer.

– E sua mãe, voltou a vê-la?
– Foi a primeira a ser mandada para os chuveiros. Meu pai chorou por meses. Ele a viu sendo levada.
– E você, onde estava?
– Na casa do general.
– Trabalhava na casa dele?
Sacha abaixou a cabeça e começou a chorar silenciosamente.
– Desculpe-me, podemos continuar outro dia – falei.
– É sempre assim, todos querem saber.
– Eu não preciso saber! Nada vai mudar.
– O que a faz vir aqui todos os dias?
– Eu mesma não sei, existe alguma coisa que me liga a esse lugar. Talvez nossas escolhas – falei sorrindo para acalmá-lo, nunca tinha visto um homem chorando com tanto sentimento. Um choro profundo seguido de um gemido de dentro. Fiquei arrasada.
– Pode me abraçar?

Olhei surpresa aquele pedido. Ele mal me conhecia! Fiquei covardemente nervosa e achei melhor voltar outro dia. Saí, alterada. Uma mistura de medo, raiva, remorso e revolta tomou conta de mim, e não consegui pensar em nada. A rua estava cheia, ninguém podia ouvir os meus medos e fiquei sozinha com os fantasmas que me seguiam. Não havia nem elfos nem fadas ou o que quer que fosse para aliviar minhas culpas. Eu tinha de encarar minha história de frente e com firmeza. Voltei ao antiquário para me desculpar com Sacha. No ínterim, Mirella me chamou.

– Preciso que telefone ao seu marido. Eles estão sendo vigiados, e teremos de adiar nosso plano.

– Por quantos dias?

– De 10 a 15 dias.

– Ele não pode esperar tanto! O professor precisa voltar à ativa.

– Talvez ainda tenha uma chance, mas é necessário que os avise dos riscos e para terem cuidado.

– Com o quê?

– Rose, a ruiva minha amiga, tem mandado seguir o marido de sua filha, e ele não anda em boas companhias. Esses imigrantes são incontroláveis, não só pela forma como pensam, mas também pelo trabalho que procuram. Preciso desligar!

– Mirella! Mirella! – Vi o número sumir do visor do meu celular. Tentei algumas vezes retornar sem sucesso.

Roberta também não atendia. Liguei para Gertrude, minha antiga sogra, para falar sobre as crianças. Fazia anos que eu não falava com ela.

– Gertrude?

– Quem fala?

– Sou eu, Rute.

– Roberta me disse que você vai passar para pegar as crianças. Soube que está morando em Berlim. Conhece Roberta, ela é incapaz de me avisar. Gostaria de falar pessoalmente, é possível? – Como de hábito falou num fôlego só, como se eu nunca tivesse deixado a Alemanha.

Gertrude não saía de casa, só quando Roberta teve seu último bebê. Aceitar aquele pedido seria como perdoar todas as nossas desavenças. Era difícil para mim, imagino para ela. Respondi com certa dose de boa vontade:

– Se for agora, estou livre.

– Agora não posso. Deixamos para depois.

– Quando a Roberta chegar, peça que me telefone. Obrigada.

* * * * *

Do outro lado da calçada, conjecturei se voltava para falar com Sacha. Meu coração ainda batia desordenado pelo receio, quando vi saírem de um táxi e entrarem no antiquário uma mulher morena, de baixa estatura, bastante forte, e de cabelos presos em coque banana, e um homem alto e magro, usando um terno escuro. Pareciam decididos. Fiquei esperando que saíssem. Era quase uma hora da tarde e precisava chegar para a entrevista sem me atrasar. Mais serena, queria me desculpar com Sacha. Atravessei a rua e entrei, chamei por ele, mas não tive resposta, estranhei, pois não os tinha visto sair. Andei por entre os objetos, com cerimônia. Foi quando notei a luz acesa da sala onde eu tinha me escondido. Aguardei um pouco mais de cinco minutos, com a lembrança da bronca que tinha tomado de Sacha por espionar suas coisas. Como ninguém apareceu, saí. Circundei a casa para ver para onde davam os fundos do prédio. Era grudado em outra casa. Não havia o que fazer.

A entrevista rendeu bons frutos, e a senhora me contratou para começar na semana seguinte. O estômago avisou que era hora de almoçar, sentei-me no primeiro lugar que encontrei. Pedi o prato do dia. O jornal guardado apontava para fora em minha bolsa. Peguei o rolo e abri na primeira página. Não entendia uma palavra, fiquei observando a foto enquanto acabava de comer. Tomei um susto ao perceber que poderia ser Itkul que gritava na frente do grupo. Atrás, umas mulheres, de véu, mas graças a Deus, Roberta não fazia parte do grupo. Voltando ao bairro turco, já me encaminhando para o metrô, desci as escadas correndo, passei pela catraca da estação lotada. O trem parou, um grupo saiu para pegar o primeiro vagão, queria me sentar com tranquilidade. Notei que não estava sozinha. Um rapaz estranho entrou junto comigo e se sentou no banco à minha frente, outras pessoas ocupavam lugares próximos. Desci uma estação antes da que queria. Ele me seguiu, acelerei o passo, entrei na loja de uma amiga. Uma mulher doce, com olhos pretos serenos.

– Oi, poderia me ajudar. Sabe ler em árabe?

– Meu pai sabe, vou chamá-lo

O rapaz me esperava do lado de fora, sem disfarçar sua intenção.

– Boa tarde, senhora, deixa ver o que temos aí. Cordialmente pediu o jornal, passou os olhos por uns instantes. Não me parece muito bom o que estou lendo aqui. Reivindicam moradia e seguro saúde. Dizem que vai haver retaliação se não forem feitos acordos, mas não se preocupe muito, esse pequeno jornal não é oficial. Um grupo de insatisfeitos tem usado desse tipo de imprensa para disfarçar as lutas das minorias. Ouvi dizer que a polícia já sabe e não vai deixar a coisa crescer. Estão de olho nesses arruaceiros.

– O senhor conhece alguém que faz parte desse grupo?

– Não, mas todos queremos o que eles pedem, apesar de sermos pacíficos. Temos emprego e moradia, mas não temos vantagens na saúde. Quem se esconde por detrás dessa confusão são os radicais. Outro dia apareceram uns soldados fazendo patrulha, levaram uns dois ou três deles. Ouvi dizer que saíram de uma casa de estudos patrocinada pelos radicais que vivem nas mesquitas aliciando os jovens.

– Pode me informar onde fica essa casa?

– Se a senhora me der uns dias, posso descobrir.

– Obrigada, ajudou muito.

Quase duas horas! Preciso buscar as crianças. Acelerei o ritmo, mesmo assim peguei a linha S75 dez minutos atrasada em direção a *Alexanderplatz*. Segurei firmemente na barra antes da partida do trem, pude ver a cara do rapaz que me seguia. Ele não tinha conseguido entrar, o que foi um verdadeiro alívio. Saltei correndo, uns vinte minutos de caminhada era o que me separava da casa de Gertrude. Corri para diminuir o tempo, quando a calçada permitia. As crianças já me esperavam na portaria do pequeno prédio de quatro andares, que, além de ser a moradia da minha sogra, era sua fonte de renda. Nunca me deram a oportunidade de saber ao certo como a família de Gertrude conseguira comprar aquele lugar. Um assunto polêmico e colérico por parte dela. Celi, segurando o carrinho de Astana, sorriu. Não sei se era o sorriso especial da minha neta ou de qualquer criança, mas ela tinha um poder de me curar a tristeza, e, mesmo odiando minha sogra por tentar me dar uma lição por causa do horário, também sorri, o que me fez esquecer qualquer outro sentimento. A alegria foi compensadora, como um curativo. Paramos para tomar sorvete. Celi ficou lambuzada, a roupa manchada de chocolate, e me perguntou enquanto caminhávamos para o metrô:

– Vovó, será que você vai estar sempre comigo?

– Claro, minha querida, não duvide disso nunca.

– Não foi o que Itkul falou outro dia para minha mãe. Ele disse que todos nós iremos embora em breve. – Seu rostinho não tinha mais o brilho de um anjo.

– Embora de Berlim? Deve ser engano, provavelmente você ouviu mal.

– Posso ser uma criança, mas não me confundo mais. Sei muito bem o que ele falou. Minha mãe não liga muito para o que ele diz! Vovó?

– Sim, Celi.

– Eu tenho medo de nunca mais te ver!

– Isso não vai acontecer. Sua mãe é muito boa, só anda triste por causa do Malik.

– Tudo por culpa do meu pai adotivo. Não quero que ele seja meu pai.

– Você tem ido visitar o seu pai?

– Meu tio, às vezes, vai nos ver na porta da escola, mas não gosto dele. Ele faz perguntas que eu não sei responder. Minha outra avó é feia e rabugenta. Reclama das minhas roupas e do meu cabelo. Eu não ligo, não

quero morar naquela casa triste. Prefiro morar no Brasil.
– Um dia, vamos visitar o meu país, ele é muito bonito e tem muito sol.
– Não é o sol que eu quero, vovó.
– Não?
– Quero que minha mãe volte a ser o que ela era. Pode me ajudar?
– Com certeza! Sua mãe te ama muito.
– Eu sei.

Disse essas palavras e saiu atrás de um passarinho que voava baixo, perto de onde estávamos.
– Vamos para casa! – Gritei para Celi.
– Estou indo, vovó.

Notei um rapaz que não tirava os olhos das meninas, ora olhava para uma, ora para outra. Apesar de ser bastante fisionomista, não me parecia ser aquele que havia me assustado no trem. Peguei a mãozinha delicada de Celi e andamos para o metrô – muito esperta, Celi me ajudou com o carrinho da irmã, que dormia. O rapaz desceu logo atrás. Tive vontade de gritar, mas, para não assustar as meninas, me calei. Talvez fosse uma forte impressão ou estaria ficando neurótica a ponto de pensar em perseguição. Como de costume naquele horário, Roberta deveria estar chegando. Celi me abraçou e me fez prometer que eu não iria embora. Depois que elas dormiram, liguei para Mirella. Custou para atender.
– Pois não, a senhora deseja alguma coisa? – Foi o que ouvi do outro lado da linha.
– Já sei que não pode falar. Acho que estou sendo seguida. Quando puder, me telefone.
– Eu sei, as compras devem chegar na outra sexta-feira.

Se não estiver de acordo, avise a compradora. O nome dela é Rose. Obrigado por ligar. – Foi o que Mirella respondeu.

Desliguei atordoada, pois Roberta não sinalizava que estaria comigo nessa empreitada. Fui para a janela, o frio intenso me desanimou a abrir o vidro, mas pude ver uma caminhonete aproximando-se do prédio, parou bem na porta. Eram dez e quinze da noite, Roberta e Itkul desceram, e notei que a minha filha usava um lenço sobre a cabeça. Respirei fundo. Foi Itkul quem abriu o portão de entrada do apartamento onde moravam, Roberta vinha logo atrás e não mais usava o lenço.

– Oi, mãe! Desculpe o atraso.
– Preciso falar em particular.
– Não tenho segredos para o meu marido.
– Nesse caso, a história é a seguinte: há dois dias tenho sido seguida, não sei se pelos fanáticos ou pelos advogados de seu ex-marido. Mirella me telefonou, avisando que o que pediu chega na próxima sexta-feira. Tem outra coisa, seu marido aparece na primeira página desse jornal. Entreguei para que ela visse a foto. Gostaria de saber se também estava com ele nesse dia. E que história é essa que a Celi me contou, que estão indo embora!

Roberta não mexeu um músculo do rosto. Respirou fundo e suavemente me falou:

– São nossos direitos que estão estampados nesse jornal. Meu ex-marido não me assusta, ele já levou o Malik, não vai querer um traste de filha, como a senhora fez comigo. Não estamos indo embora, como a Celi falou, as crianças mentem para chamar atenção. A senhora conhece muito bem o que é mentir, então deve saber que é bem possível que ela tenha puxado à avó. Abriu um sorriso. Itkul e eu estamos cansados. Respondi a todas as suas perguntas? Amanhã nos falamos. – Dirigiu-se à porta e abriu para que eu saísse.

Não consegui dizer uma só palavra, Roberta tinha razão suficiente para não gostar de mim. Arrependida por ter deixado o medo e a raiva aflorarem, virei as costas e saí como um cachorro banido e com o rabo entre as pernas. Sem ter vontade de argumentar ou de abraçá-la para pedir perdão por todo o mal que eu havia causado. Meu corpo tremia de vergonha e decepção. Naquele momento, recoloquei a pedra de cal que havia conseguido desfazer desde que chegara à Alemanha. Levaria tempo para baixar nosso muro de indignações mútuas. Voltei para casa como se o mundo fosse um grande fosso de verdades absolutas que levam a deixar os receios tomarem conta do discernimento. E eu patinava sobre a lama da lamentação, prestes a ser engolida por Aurgelmir, o gigante primal da mitologia nórdica. Preferia "não ser, nem não ser", seria bem mais fácil me enevoar na morte do que me enxergar com tantos defeitos. Subi as escadas da prisão do meu apartamento, e tomei um comprimido forte, pois a única coisa que desejava era fugir da realidade. Precisava apagar todas as escolhas para poder novamente tranquilizar minhas culpas.

Eram dez horas da manhã quando o telefone tocou. Tive dificuldade para abrir os olhos, não conhecia o número e deixei tocar. Parecia que tinha tomado uma garrafa de *vodka* na noite anterior, de tanto que a cabeça doía. O ícone do celular tinha uma bolinha vermelha, sinalizando um recado. Era do pai da minha amiga de olhos serenos.

Deixou o endereço da casa de oração e me desejou sorte. Despediu-se, desejando que eu tivesse cuidado. A notícia me despertou, mas o corpo ainda queria algumas horas de sono, entrei no chuveiro quase gelado, sai tremendo de frio, coloquei uma calça de lã preta, um suéter grosso e um casacão. Munida do endereço, parti. Teria algumas horas antes de pegar as crianças na casa de Gertrude. Não era longe o suficiente para que precisasse de transporte público, quinze minutos de caminhada seriam suficientes. O trânsito fluía, e eu andava lentamente com a certeza de que Roberta, apesar de suas crenças de que o mundo é livre como o pensamento, jamais se apegaria a nada que tivesse qualquer caráter religioso, rendera-se ao assédio de Itkul e suas indagações contra o Ocidente. Queria poder entrar na cabeça da minha filha e dar uma chacoalhada, mas não tenho esse direito.

Ir à casa de oração de Itkul seria arriscado demais, e segui para a loja de Sacha. Repeti o mesmo trajeto que agora sem a menor sombra de dúvida passou a fazer parte da minha vida – lá estava eu novamente sendo seduzida por aquela janela de vidro, como da primeira vez. Vi Sacha sentado de cabeça baixa. Entrei e dei um alegre e sonoro bom dia.

– Voltou? Parece que não vai me deixar em paz!
– Pensei que fôssemos amigos!
– Bem que poderia ser verdade.
– Desculpe pelo outro dia, não sei lidar com os meus sentimentos, ando um pouco nervosa.
– Gostaria de uma xícara de chá?
– Mais do que uma xícara, prefiro um pouco da sua paciência.

– Não sou um *expert* nesse assunto!
– Se puder me ouvir, fico feliz.
– Do que se trata?
– É bem menos interessante do que suas histórias.
– Se for assim, prefiro continuar a contar o que sei, tem me feito bem falar sobre meus familiares.

Fiquei por uns segundos em silêncio – a palavra certa seria covardia de insistir no assunto.

– Combinado! Pode começar. Você parou quando contava sobre a saída de seu bisavô de Berlim.

Sacha não perdeu tempo, abriu seu caderno.

* * * * *

A Europa começava a viver um período de prosperidade, a sociedade burguesa crescia. Napoleão III, apoiado pelos banqueiros, capitalistas e industriais, dominava a França, e, na Inglaterra, era a Rainha Vitória. Os comerciantes abastados passaram a ter suas próprias casas, os negócios iam bem, muitos haviam se mudado para os subúrbios, residências com mais conforto e conhecimento. A classe burguesa enriquecia. A nobreza não trabalhava, cobravam altos aluguéis em suas terras e colocavam a vida dos camponeses num nível alto de insatisfação, trazendo ao cenário político certa anarquia. As dificuldades na área da saúde eram enormes, o antibiótico ainda não tinha sido inventado, muitos morriam de epidemias e peste. Uma política sanitária era urgente. A Alemanha não estava longe de tudo isso.

Na cidade de *Freiburg*, perto da Floresta Negra, uma grande tragédia se alastrava impiedosamente: um surto de varíola começava a matar. Os Braun, uma rica família da burguesia alemã conhecida por sua marcenaria impecável, tinham acabado de voltar da Inglaterra, para onde foram chamados por um jovem banqueiro inglês para que fizessem todo o serviço do mobiliário da nova residência, em Belgravia, um dos melhores bairros de Londres.

Os dois filhos do casal, Josef e Günter, estudavam e eram educados em casa, com professores particulares, no sonho de frequentarem uma boa universidade. Ainda não tinham sido introduzidos nos negócios da família. Sem luxo na vida diária, viviam acima dos padrões da burguesia da época.

* * * * *

– Sacha, existe algum registro dessa casa?
– Resta-me uma aquarela.
– Que beleza, a casa ainda existe?
– Não sei se foi derrubada na última guerra.

* * * * *

A epidemia se alastrou rapidamente, ninguém estava preparado e, naquele outono úmido e triste, o pai dos rapazes, adoeceu, delirou por dias, a febre não cedia e os remédios de nada adiantaram. A doença o levaria à morte. A esposa, inconformada, ficou à cabeceira do marido, revezava com uma das empregadas e acabou por ser infectada pela varíola. Implorou para que os meninos não voltassem à cidade, estariam mais protegidos morando com seus familiares. Os filhos quase não tiveram tempo de se despedir da mãe. Revoltados, pensaram em destruir a casa, como se as paredes fossem as culpadas de tamanha injustiça. Foram impedidos pelos trabalhadores da marcenaria do pai.

Era urgente incinerar tudo que tivesse estado em contato com os doentes. Fizeram uma grande fogueira e lançaram camas, lençóis, travesseiros, panos e roupas. A casa, porém, ficou intacta. Mesmo sem conhecer o negócio, os filhos dispuseram-se a se reunir com alguns, que trabalhavam na oficina, e aos poucos, foram assumindo a marcenaria.

– Sacha, que bela aula de história!

– É mais fácil, quando entendemos o contexto.

– Desculpe mudar o teor do assunto, mas talvez possa me aconselhar, tenho sido seguida e não sei o que fazer.

– Já conversou com sua filha a esse respeito?

– Não posso, tentei conversar, mas ela não quer saber. Casou-se com um muçulmano, a meu ver, radical. Tenho visto que ela mudou bastante.

– Como posso te ajudar?

– Talvez com a sua experiência. Viveu uma guerra!

– Nem por isso sou forte o suficiente para falar sobre perseguição – essa palavra me traz lembranças que gostaria de esquecer.

– Quer me contar alguma coisa?

– Não vamos mudar a conversa, eu não sou o alvo.

– Sacha... Tenho medo de perder minha filha novamente.

– Novamente?

– Eu a abandonei ainda muito pequena, ela não me perdoou nem vai me perdoar.

– Você se perdoou?

– Como poderia? Tenho outros filhos.
– Eu precisei perdoar meus desejos.
– Perdoar os desejos? Não foi essa a minha escolha! – Falou Rute.
– Foi a minha escolha, vendi minha alma para sobreviver, e na maior parte do tempo eu gostei do que fiz.
– Foi por uma boa causa?
– Vender-se nunca é uma boa causa.
– Muitos fizeram!
– Mais do que isso, entreguei a minha alma, nunca mais me curei.
– Nossa, Sacha… Algumas vezes fazemos escolhas ainda muitos jovens, sem muita consciência.
– Eu estava consciente. Não se passa por uma guerra em branco. As marcas são como cicatrizes na carne. A alma pode se convalescer, jamais apagar a dor. Almejei morrer, mas a arte me salvou.
– Você é mais resolvido do que eu.
– É melhor continuar a minha história.
– Sacha!
– Não quer ouvir?
– Muito! Só que não consigo confiar em ninguém. Não sei o que fazer! Seria possível ouvir o que tenho para falar?
– Bem, deixe que eu me recupere um pouco, poderia me servir um pouco de chá? É aquela garrafa verde em cima do aparador, embaixo tem duas xícaras, gostaria de me acompanhar? Podemos nos sentar naquela mesa ao lado do *cello*? – Levantei-me e fiz como ele me havia pedido. Sacha veio com dificuldade até onde eu havia me sentado. Pensei que estivesse contrariado, mas, ao se aproximar, colocou sua mão macia sobre a minha, num

afago, ficou à minha frente, serviu o chá com delicadeza, empurrou a xícara para o lado, colocou os braços sobre a mesa e me mirou fundo nos olhos.

– Vai ser bem difícil me acostumar com o dia em que não estará mais aqui. Continuou me olhando sem piscar e perguntou:

– Em que momento você achou que eu poderia te ajudar?

– Não sei dizer, mas alguma coisa diz que posso confiar em você. Estou certa?

Sacha continuou me olhando sem piscar. Bebeu um gole de chá, esperando pelas minhas palavras.

– Meu neto mais velho se encontra sob a custódia do governo, morando com uma família que não tenho ideia de quem seja, minha filha Roberta prestes a perder a guarda dos filhos do primeiro marido, o Samir, pai do Malik e da Celi – ele teve um derrame que o deixou inválido. O irmão e tio dos meus netos pretende que as crianças morem com ele, mas Roberta se recusa a entregar os filhos para o cunhado. E o pior: talvez ela e o atual marido, Itkul, se mudem para o Cazaquistão com Astana, que é filha de Itkul, e querem levar a filha mais velha da Roberta, a Celi, com eles.

– Temos vários problemas pela frente, não sei se entendi direito, mas vamos lá. Quais são as reais possibilidades?

– Não tenho possibilidades.

– Sempre existe uma saída.

– Levar meus netos para o Brasil, sei que o pai não permitiria. Gastei minhas economias com advogados, o pai de Roberta, meu ex-marido, não quer saber da filha. A única que se importa é Gertrude, minha ex-sogra.

– Você é cheia de ex. Como posso te ajudar?
– Em nada, só preciso conversar.
Sacha se levantou, pediu desculpas e caminhou para a porta.
– Seria melhor voltar amanhã, tenho muito o que fazer. Prometo que a mesa será sua, mas preciso voltar para os meus afazeres.
– Melhor assim, amanhã nos vemos. Rapidamente fui embora e mal consegui dizer obrigada pelo chá.
Saí de cabeça baixa, um tanto confusa principalmente com o tom conciliador de Sacha, dizendo que a mesa será minha! Não pode ser a mesma pessoa. Afastei-me o mais rápido possível. Aos poucos percebi que me dirigia ao bairro turco. Peguei o celular e tentei em vão telefonar para o homem que havia traduzido o jornal – o celular estava fora de área. Tirei da bolsa o cachecol preto e enrolei na cabeça para me sentir mais segura. A mesquita era grande e movimentada. Um amontoado de calçados e chinelos na entrada. Os homens ouviam atentamente a palavra do pregador lendo o Alcorão. Através da janela procurei por Itkul. Foi quando o muezim[9] chamou para a oração e os inúmeros homens, que conversavam, ajoelharam-se para Meca. As mulheres se aglomeraram na área reservada para elas – foi para lá que me dirigi. Não havia sinal de Itkul. Anoitecia, e fiquei aflita em ficar sozinha no bairro, mas aguentei firme. As orações finalizaram, segui com as mulheres, mas quase todas estavam acompanhadas. Um grupo de homens parou, gesticulando alto. Um frio percorreu a coluna quando vi Itkul. Continuei andando para que ele

---

9. Quem chama os crentes à oração.

não me visse. Ainda não estava a salvo – os mesmos homens andavam atrás de mim. Agradeci ao casacão preto, que Roberta me fez comprar logo que cheguei a Berlim e já soltara o nó que apertava a minha cintura para parecer um pouco mais muçulmana. Juntei-me a duas mulheres que caminhavam vagarosamente, dando a impressão de serem idosas. Abaixei a cabeça quando os homens passaram, senti que um deles tentou olhar para meu rosto, e baixei mais os olhos. Quatro deles entraram num prédio pouco adiante, Itkul com eles. Parei sob pretexto de ajeitar a bolsa, através do xale pude ver que as luzes do segundo andar se acenderam. Itkul ficou em pé enquanto os outros pareciam sentados numa mesa. Não havia o que fazer – esperar seria impossível, ouvir muito menos.

Imediatamente telefonei para Rose, porém, quando estava a ponto de desistir, ela atendeu.

– Podemos nos encontrar?

– Quando?

– Pode ser amanhã ao meio-dia e meia, em frente ao *Reichstag*[10], na praça perto da fila de entrada ao público.

Fui para casa, almejando dormir um pouco. Acordei cedo para caminhar, sem querer me afastar muito do encontro que tinha planejado com Rose. Vesti uma roupa quente, pois o frio e o vento castigavam os berlinenses e turistas naquele dia. Peguei a linha de metrô U7 para ir à *Alexanderplatz*, a famosa *Alex*, como carinhosamente a praça é chamada, e sua enorme torre de televisão, com 368 metros de altura. Na época do muro era o centro de Berlin Oriental. Seria uma boa caminhada até o *Tiergar-*

---

10. Parlamento alemão.

ten. Não havia muita gente na *Alex*, como da primeira vez que andei por ali, mas uma infinidade de bicicletas estacionadas. Tudo fora reconstruído e a modernidade do local, em contraste à antiga Berlim, com inúmeras lojas e cestos de palha com ursos de todos os tamanhos chamou a minha atenção – o símbolo da cidade, em homenagem a Albrecht I, guerreiro saxão, chamado de O Urso, que dominou as terras em que hoje se encontra a cidade de Berlim. De lá, saí em direção ao *Nikolaiviertel*, o quarteirão mais antigo da cidade, passando em frente à prefeitura e ao *Molkenmarkt*, onde a cidade começou, atravessei o rio *Spree*, caminhei pela *Leipziger Strasse* até a *Potsdamer Platz*, a cerca de um quilômetro do Portão de Brandemburgo. Quase meio-dia – daria tempo! Fui pela *Unter den Linden*, a avenida das tílias, que antigamente levava ao palácio dos reis da Prússia e, mais tarde, foi o palco da cobertura da mídia, na queda do muro, e cheguei ao meu encontro com Rose, no *Reichstag*. Arrisquei telefonar para Mirella – não consegui, fora de área. Queria falar com o professor, lembrei que ele desligava o telefone depois das sete, horário das aulas. Era melhor seguir em frente, tinha de contar para Rose, quem sabe ela pudesse me ajudar. Cheguei rodeada por inúmeras pessoas que aguardavam na fila para visitar o parlamento alemão. Foi ela quem me achou. Seu rosto pequeno, pele rosada, nariz sardento disfarçado pela base, batom ligeiramente rosado. Tinha ar de menina, mas sua postura e seu andar demonstravam sofisticação e personalidade. Vestia calça azul marinho de lã grossa com caimento perfeito, camisa branca de gola engomada, daquelas que você compra e parece que nunca mais vão amassar; lenço estampado no pescoço, uma correntinha com a medalha milagrosa e um casaco muito grosso estofado. Foi a primeira vez que tinha notado a imagem e me surpreendeu Rose ser católica. O cabelo ruivo solto balançava.

– Andou depressa! – Falou Rose.
– Como sabe onde eu estava?
– Tenho meus informantes.
– Não vai dizer que são eles que têm me seguido?
– Sei muitas coisas a seu respeito. Mirella pediu que eu investigasse seu amigo do antiquário.
– Conseguiu alguma informação?
– Por enquanto, o que já sabe. Ele é um sobrevivente da Segunda Guerra. Não tem família, todos morreram no campo de concentração.
– Obrigada.
– Por que resolveu me telefonar?
– Tenho sido seguida e temo que minha filha não vá seguir o plano de fugir.
– Já desconfiávamos. Então, não temos alternativa, precisamos que ela faça por livre e espontânea vontade – senão, não teremos condição de ajudar.
– Qual o prazo?
– Soube que os advogados estão bastante adiantados no processo. As leis muçulmanas são claras quanto à paternidade.
– Roberta me disse que o ex-marido conseguiu a guarda de Malik, é verdade?
– Não é verdade, o processo continua em andamento. Mesmo que seja verdade, podemos tentar um acordo entre as partes.

– Não acredito que possa acontecer. Roberta assumiu posições difíceis de serem aceitas, e Itkul tem dado trabalho à polícia, o que o coloca em evidência.
– Mas Astana é filha dele, filha de Itkul!
– O que torna mais grave o caso, Roberta não é separada legalmente do primeiro marido e vive ilegalmente com Itkul, com os filhos do primeiro casamento sob o mesmo teto que ele.
– O que devemos fazer?
– Primeiro convença Roberta a pedir o divórcio ao ex-marido. Depois peça que escreva uma carta às autoridades, registrada por advogados, com testemunhas e um psiquiatra, que ateste sua capacidade de poder cuidar dos filhos por desaparecimento ou morte do marido. Talvez assim as crianças possam ficar sob seus cuidados. Provavelmente, você teria de morar em Berlim, caso acontecesse. As crianças não poderiam ficar longe do pai. Do contrário, não vejo nenhuma perspectiva legal para a situação. Eles se casaram sob as leis muçulmanas. Sabia que sua filha esteve no Paquistão com o antigo marido?
– Nunca soube!
– Logo depois, quando Malik nasceu, ela e o marido estiveram no Paquistão para o casamento do cunhado. Soube por um amigo da imigração, que Roberta se casou. Malik tem o mesmo passaporte do pai, apesar de morar na Alemanha. A polícia colocou o nome de Malik e de seu atual genro, Itkul, nos computadores. Não poderão deixar o país pelas vias conhecidas, como avião, trem ou navio.
– Então, qual seria a sugestão?
Vi que Rose esticou a mão para se despedir.
– Preciso ir! – Saiu se embrenhando na multidão.

– Rose! – Gritei em vão, não podia mais ver seus cabelos ruivos brilhantes ao sol. Fiquei parada, perplexa a respeito do que tinha acabado de ouvir sobre minha filha. Eram quase duas horas da tarde e perder a hora do trabalho era impensável. Corri, passei por pessoas fotografando o Portão de Brandemburgo, entre performances de homens soltando fogo pela boca e fazendo acrobacias.

Parei depois do portão, entrei num café, pedi o sanduíche mais barato do cardápio e uma cerveja – o trabalho me esperava e ocuparia toda a tarde. Era noite quando voltei para casa. Já tinha subido as escadas quando a sineta do prédio tocou. Fui até o interfone.

– O que deseja?
– Preciso entregar um envelope para a senhora Rute.
– Por parte de quem?
– Do advogado da filha.
– Estou descendo.

Abri a porta um tanto assustada, não sabia que Roberta tinha um advogado. Era um homem de terno e gravata, baixo e louro.

– Aqui está. A senhora deve assinar nesse canhoto.

Assinei sem questionar e ele me deu o envelope. Despediu-se, desejando boa sorte. Abri o envelope ainda na escada: escrito em inglês, entendi que se tratava de uma intimação judicial para que eu, acompanhada de Roberta e das crianças, comparecêssemos diante da vara da adolescência para averiguação psicológica. A convocação era feita pelo advogado do ex-marido de Roberta. Imediatamente telefonei para ela, mas o telefone estava fora de área. Liguei para Gertrude, apesar de saber que ela jogava com as amigas naquele dia. Telefonei para Mirella, para Rose... não consegui falar com ninguém. Peguei o casaco. Mesmo exausta, decidi fazer uma caminhada para clarear a mente – andar era o único movimento e a única alternativa. Meus pés me levaram ao antiquário. A luz do abajur encontrava-se acesa, e Sacha dormia ali mesmo sentado entre suas lembranças. Toquei a campainha, ouvi o estalo da fechadura elétrica se abrindo. Sacha fez sinal para que eu entrasse e me sentasse. Não tinha ideia de como ele foi capaz de saber que era eu que estava ali.

– Sabia que viria, sente-se.
– Como assim?
– Ainda tenho amigos, antigos compradores. Disseram que alguém andou fazendo perguntas a meu respeito.
– Desculpe se causei algum mal.
– De forma alguma, minha menina, ultimamente você só me fez bem. Lembrei da minha família e o que somos capazes de fazer por eles.
– Foi um desses? – Mostrei a foto do jornal, mas ele não respondeu e perguntou:
– Como anda seu tempo?
– Todo o do mundo.

* * * * *

Meus pais tinham morrido. Eu, absolutamente sozinho. Não tinha mais a proteção deles. No começo aceitei calado por achar que poderia protegê-los dos campos de concentração. Só muitos anos depois entendi que eram eles que me protegiam. O coronel do campo, que morava na casa onde eu trabalhava, há muito insinuava seus desejos promíscuos. A princípio, acreditei ser minha única salvação. Percebi que, se eu não fosse dócil, tudo seria diferente – nessa época ainda não discernia que pessoas têm vontade própria e pensamentos exclusivos, só deles, que, por mais que tentemos, não podemos mudar o rumo de nada, porque cada um faz seu próprio destino. Muitas vezes, as atitudes são inseguras, covardes, dissimuladas e autoritárias, principalmente na guerra. E eu infantilmente acreditei que, como mais frágil, poderia com a força espiritual ou com vontade férrea, mudar o outro. Isso era o que eu discernia sobre o momento em que vivia. No fundo, nunca me enganei, deixei-me levar pelo que julgava ser o certo – e não era. Aceitei que o coronel me enfeitasse para que eu tivesse boa aparência. Depois começou a pintar meus lábios, depois foi a vez do *rouge*, que ele trazia do mercado negro, dizendo que gostava de gente com cara saudável. Os dias iam passando, e a cada dia ele trazia um presente diferente. Ensinou gestos femininos, pintou meus cabelos e os enrolou. Depois foi a voz, pediu que eu falasse fino como uma menina. Seus gestos carinhosos me seduziram. Sozinho no mundo, com apenas 12 anos, aquele homem era bom para mim. Aos poucos foi me despindo, um dia fiquei sem a camisa, depois a calça, até que fiquei inteiramente nu diante dele. Não houve vergonha ou medo. A noite nos deitávamos abraçados, sentia o perfume de meu pai e eu deixava que ele me acariciasse. Num dia frio e chuvoso eu tremia, minhas mãos geladas, minha boca quase roxa, ele chegou nervoso, alguma coisa grave tinha acontecido nos campos de concentração. Ele me pegou pela mão e num gesto decidido fomos ao quarto: ele não me deu escolha, e tive de me submeter aos seus inúmeros caprichos. Com o tempo ele passou a me vestir de personagens: primeiro foi de bailarina, camponesa, oficial alemão, americano, todos quantos ele desejava que eu fosse. Nos primeiros dias chorei humilhado, mas logo me calei, pois percebi que no fundo gostava daqueles momentos, ansiava pela chegada dele e a noite, quando não dava plantão, subíamos escondidos para o quarto no sótão da casa. Era como se a minha família ainda estivesse comigo. Como se ele fosse todos eles, meu pai, minha mãe. Comecei a chamá-lo pelos nomes que eu conhecia e que alimentavam meu universo infantil. Rezava a Deus para que ele não morresse, para que não fosse convocado para frente de batalha. A vida teria um fim para mim, e eu não estava pronto para morrer. Ele retribuía minha docilidade com agrados. Não conseguia enxergar naquele homem todo o horror da guerra. Vivíamos num mundo à parte. O coronel estava apavorado, disse que iria fugir, mas que não poderia me levar. Chorei a noite toda, com medo do que poderia acontecer comigo se ele realmente desaparecesse. Como comeria, respiraria? A morte grudou em meu corpo, e o temor se instaurou sem fôlego ou magia. Eu acabaria como a minha família, como meus amigos que nunca mais voltaram. Implorei que me levasse. Era de madrugada quando acordamos. A noite gelada me fez arrepiar, ele pegou minha mão, me levou ao quarto, onde o oficial chefe dormia, silenciosamente mostrou onde estava o cofre do general, e me deu o segredo. Disse que não tinha coragem de trair seu amigo, mas que não gostaria que eu ficasse só e sem amparo. Disse que eu pegasse tudo o que quisesse e fugisse de madrugada. Abraçou-me e partiu na neblina da noite, sem olhar para trás.

* * * * *

– Não sei o que dizer.
– Olhe para sua vida e da sua filha.
– Ela fez escolhas estranhas!
– Eu também fiz! As histórias dessas noites ainda moram em minha pele. Se me arrependo? Provavelmente não.
– O que fez depois que ele foi embora?
– Sobrevivi.
– Obrigada, Sacha. – Calei-me por algum tempo, mas Sacha continuou a falar sobre seu passado, ilustrando as fotos com seus interessantes relatos. Estranhamente a conversa cessou, ele se ajeitou na cadeira, respirou fundo, deixando a catarse em meu colo como se se livrasse das suas culpas e me desse o aval para julgar quem ele realmente era. Com o coração aos pulos, sem conseguir assimilar o que havia contado, como uma onda do mar, lavei o que ouvira, deixando para mais tarde o pensar. Hipnotizada, continuei ouvindo o que ele tinha a me dizer quando voltou a si de forma inesperada.

* * * * *

Meu bisavô partiu para o campo na esperança de uma vida melhor. A primeira coisa que fizeram foi comprar a bela propriedade dos rapazes Braun. Tenho algumas fotos antigas da casa, estão um pouco comidas por cupim, mas guardo com cuidado.

Mostrou-me um casarão, em estilo rococó alemão perto de um lindo lago e com vista para a floresta. Parecia lindíssima. Sacha disse que possuía seis quartos, grande salão, decorado no melhor do estilo francês, cadeiras douradas, lustres em bronze com cristais, trazidos em umas das viagens a França; as paredes em contraste com o mobiliário eram de um verde muito especial, semelhante à cor do pistache, grandes vasos de porcelana de Meissen, tapeçarias com motivos campestres. A casa era um luxo à parte. Apaixonados por móveis, não negavam a profissão de grandes marceneiros. A biblioteca toda em radica era espetacular, os estofados em verde musgo, uma infinidade de livros nas prateleiras com poemas dos antigos trovadores, grandes pensadores, romances e histórias da mitologia grega.

— Seu bisavô não poupou esforços para dar o melhor para a família!

— Enfrentariam o trabalho no campo e seriam os novos donos da casa, e a mesa seria colocada na sala de jantar. Mais tarde, a filha mais nova, Constance, casou-se com Josef, o irmão mais velho dos Braun. Tinham uma vida bastante simples, ele era um professor. Decidiram tentar a vida no Brasil.

— Não sabia que tinha parentes no Brasil!

— Não sei se tenho, ademais, estou velho e sem energia. Os negócios consomem um tempo precioso.

— Seria indiscreto se eu perguntasse quem eram as pessoas que estiveram aqui outro dia? Pareciam ameaçadoras.

— Não tenho medo de ninguém!

— Por que pediu que eu me escondesse?

— São assuntos com os quais não gostaria de envolver meus amigos.

— Que bom ser considerada sua amiga.

— A vida nos une de uma forma ou de outra, por nossas necessidades ou simpatias. Parece que nossas almas se reconheceram.

– Será mesmo? Acho que foi a solidão.
– Se continuarmos com carícias, não seremos objetivos.
– Já que se abriu comigo, quero perguntar uma coisa. Meu neto mais velho, aliás, o único que tenho, Malik, foi tirado da família pelo governo. Meu antigo genro abriu um processo para que os filhos voltassem para ele, como regem as leis muçulmanas.
– Mas eles moram na Alemanha.
– Minha filha, sem que eu soubesse, se casou em segredo, quando foram ao Paquistão para encontrar a família do Samir, seu primeiro marido.
– A situação é um pouco mais complicada do que pensei. Então, ela se casou duas vezes? Primeiro com esse Samir e tiveram dois filhos, Malik e Celi. Por que ela se separou?
– Muitos problemas. Samir ficou doente e o irmão começou a dar as regras em casa. Roberta não suportou o cunhado e acabou pedindo o divórcio. Desde então, os dois têm brigado na justiça pela guarda dos filhos e, até o momento, nenhuma decisão foi tomada. Malik está fazendo 12 anos, vai poder escolher com quem ficar. Minha filha não tem muito juízo, mas ama aquelas crianças mais do que a própria vida. Não consegue pensar em viver sem eles. O pior foi quando ela se juntou a Itkul, ficou grávida desse homem que ela mal conhece e ainda correndo um sério risco de morrer no parto. Pelo medo de perder a guarda dos filhos, resolveram tentar a vida no Brasil, mas não me avisaram. Imaginaram que o melhor seria embarcar de Paris, pediram que um amigo os levasse de carro. Itkul, no aeroporto, antes de se dirigir ao balcão da companhia aérea, resolveu que o melhor era se separarem,

por terem passaportes com nomes diferentes. Roberta, com Malik e Celi, pegou os passaportes e entregou na imigração. Imediatamente foi dada a ordem de prisão, acusada de ter sequestrado as crianças. Itkul vinha atrás, voltou, saiu do aeroporto, e tentou falar com Roberta, mas o telefone dela já tinha sido confiscado.

Foram levados para um hospital de ambulância. Ela nunca pensou que pudesse ser salva pelo Malik, ele só tinha 11 anos! Avisou a polícia que a mãe era altamente diabética. Foi uma sorte, o choque fez com que o açúcar dela caísse tão rapidamente que quase entrou em coma. Ficou internada por algumas horas. Quando acordou, os filhos estavam sentados, e a bebezinha no colo da Celi, ao lado dela. Ainda bem que tiveram um pouco de consideração. Como é fluente em alemão e francês, pediu para me telefonar, sabia da minha amizade com a consulesa. Eu ainda morava no Brasil. Imediatamente, pedi que ela avisasse às autoridades que, se morresse sem assistência, eu tornaria o caso internacional. Não sei, mas foi uma luz chamar o consulado e encontrar a Mirella. Foi aconselhada em segredo e era urgente que fugisse e voltasse de carro para a Alemanha – ficar naquele hospital seria como assinar a sentença de sequestradora. Desesperada e sem saber o motivo, Roberta aceitou, com a certeza de que, se fosse presa, nunca mais teria seus filhos de volta. Foi Itkul que resolveu, ficou espreitando o movimento e, assim que saíram de ambulância para o hospital, ele e o amigo seguiram as autoridades. Minha filha, desde que se separou do Samir há três anos, tem estado com Itkul.

Ainda bem que acabaram afrouxando a vigilância. Ela pulou da janela do hospital com os dois filhos e Astana,

com três meses. O amigo de Itkul, que dirigia na autoestrada, quase sem gasolina, parou num posto. Itkul desconfiou que estivessem sendo seguidos e colocou o carro num lava-rápido. Ele tinha razão!
    Roberta sobreviveu aos mortos, é tratada como incapaz por sua condição de diabética, principalmente depois do nascimento de Astana. Malik foi tirado da guarda da mãe e mora com uma família alemã, e Celi, não sei como, ficou com ela e o atual marido. Itkul está sob a observação do Estado e eu continuo lutando judicialmente para que meu neto volte para Roberta. Gastei praticamente todas as minhas economias.
    – Foi nessa época que veio para Berlim?
    – Sim, logo depois, alguém que Itkul conhecia foi até a minha casa para avisar da ordem de prisão. Fiquei desesperada. Naquele dia tive que contar para o Villaforte, meu marido, que eu tinha uma filha na Alemanha, e que havia sido casada antes dele. Foi um desastre total, com meus filhos aos prantos ao saberem que eu viajaria no dia seguinte para fora do país – jamais vão me perdoar.
    – Calma, tudo tem seu tempo.
    – Acredita que vou conseguir salvar minha filha da prisão? É uma acusação muito grave, ela tem como advogado um amigo da avó paterna, Gertrude; que tem ajudado a neta. Itkul não tem dinheiro e não quer se envolver com a justiça.
    – Isso vai ser difícil!
    – Acha que consigo falar com Malik?
    – Conheço algumas pessoas, posso tentar ajudar, mas o menino precisa querer. Que idade ele tem?
    – Acabou de fazer 12 anos.

– A decisão também vai ser dele. Melhor nos despedirmos. Vamos nos encontrar amanhã?
– Claro, posso chegar a qualquer horário?
– Melhor no final do dia, temos mais tempo.
Despedimo-nos – desta vez, com um fraternal abraço!

Um amigo que jamais imaginei. Há muitos meses não me sentia feliz. Cheguei ao apartamento e, condicionada ao ritual diário, me preparei para dormir. Recebi um telefonema – no visor estava escrito desconhecido.
– Alô? – Ouvi alguns ruídos e, logo em seguida, uma voz em português.
– Rute? Sou eu, Villaforte. – Sempre tinha tratado meu marido pelo sobrenome, era corriqueiro, mas naquele momento me pareceu tão distante de tudo. – É você?
– Claro – respondi fria e surpresa. O silêncio pesou entre nós. Não sabia o que dizer, tampouco imaginava que ele me chamasse.
– Tudo bem? – Ele perguntou.
Não acreditei no que acabara de ouvir.
– Tudo certo com meus filhos? – Foi o que consegui dizer.
A voz era trêmula, o que me fez acreditar, por um lampejo, que tinha me perdoado, mas não era do seu feitio – normalmente remoía suas dificuldades por muito tempo. Sem saber o que dizer, fiquei muda, aguardando o próximo passo de Villaforte. Um passo que não foi dado, entrou um barulho de ocupado e não ouvi mais sua voz. Sentei-me na cama com as mãos suadas, os olhos ardiam de vontade de chorar. Queria retornar, mas o número não estava no visor. Telefonei para minha casa no Brasil

e para o celular dele, mas ninguém atendeu. Aceitei que ele tinha mudado os números para que eu nunca mais pudesse falar com os nossos filhos. A mente prega peças e aquela eu conhecia muito bem. Passei a noite em claro, e tudo tinha ficado enorme e assustador, só consegui dormir de madrugada. Olhei para ver se tinha perdido alguma chamada, mas meu celular estava desconectado. Telefonei para Mirella e, mais uma vez, ela permanecia incomunicável. Enquanto me vestia, o telefone tocou, dei um salto, era Sacha.

– Tenho boas notícias, amanhã à tarde conversamos.
– Nem consegui agradecer.

Acordei, vesti a roupa de trabalho e fui para luta. Trabalhei até às quatro da tarde, comi o sanduíche que levei. Voltei para casa, louca por um bom banho. Ao chegar, encontrei um jornal na minha porta e, mais uma vez, me deparei com Itkul estampado na capa.

POINT PELEE, ONTÁRIO
2011

– Papai, faz três dias que chegamos e vejo que não procura por pássaros!
– Alguém viu o meu celular? Acho que o perdi no meio das almofadas. Preciso falar com a Mirella.
– Por que o senhor não conta para que viemos para esse parque?
– Já disse que é para pesquisa. Tem alguém buzinando.
– Ok, não quer falar. Vou ver, deve ser alguém perdido.
Saí desapontada – meu pai não mudaria nunca. Qual não foi minha surpresa quando abri a porta e lá estava o rapaz que eu tinha conhecido no lago! Sem esforço, acenei. O primeiro a sair do carro foi o Buck, que correu desengonçado. Quase fui parar no chão com o pulo que ele deu para me cumprimentar. Ele lambeu minha cara, com simpatia. Greg ralhou com o cachorro. Abriu um sorriso e disse:
– Viemos para um café, espero que o convite ainda esteja de pé?
– Claro, vamos entrando. – Não queria que percebesse o quanto a visita me deixou animada. Tentei calcular a idade pela aparência, mas concluí que seria impossível. Ele era forte, cabelos castanhos cortados rente à cabeça, bochecha rosada, olhos azuis, nariz fino e proporcional para o rosto quadrado, e um sorriso encantador. Na realidade, um deus! Papai colocou a cara para fora do quarto e se

recolheu. Fiquei receosa de que ele fosse ser desagradável.

– Vamos entrando, vou preparar um cafezinho brasileiro.

– Seria ótimo.

Entrou, observando cada detalhe.

– Simpática a casa! Por quanto tempo vão ficar por aqui?

– Não vou conseguir responder. Meu pai faz trabalho de pesquisa, ele é ornitólogo. Ainda não consegui descobrir quando voltaremos ao Brasil. E o que faz por aqui? Não me parece um caçador!

– Sempre tive curiosidade de conhecer esse parque – mais do que a caça, as borboletas me fascinam. Meu *hobby* já é um bom motivo para eu estar aqui. O parque está lotado de gente, não imagino ser uma boa época para pesquisa.

Foi nessa hora que meu pai entrou acompanhado do Diogo, que estendeu a mão.

– Muito prazer. Vo-cê-cê está so-zi-zi-zinho aqui no parque?

Olhei para meu irmão um tanto espantada, nunca o percebi tão direto nas perguntas.

– Tive alguns dias livres e resolvi viajar sozinho, coisa que não faço comumente.

– Você é casado?

Diogo passava dos padrões do bom senso e me senti envergonhada, percebi um certo desconforto no Greg, que, sem se abater, respondeu de pronto.

– Ainda não, procuro a pessoa certa.

Certo *frisson* percorreu minha barriga. Ele é muito mais velho! Não entendi o que se passava comigo. Desde os meus 12 anos tinha a aparência de uma mulher. Cresci acima da média da idade e, aos 13, já chegava a um metro e setenta e cinco, olhava minhas amigas de escola como crianças. Abri um sorriso, Diogo piscou com jeito fraterno. Fiquei enraivecida, troquei o sorriso por um ar de desprezo.

– Diogo, faz companhia para o Greg, volto logo, vou fazer um café. – Sabia que irritaria meu irmão. Minha vingança foi um pouco dura, já que ele não tinha como se comunicar e a gagueira era mais forte quando ficava sozinho com alguém que não conhecia. Foi papai quem o salvou.

– Olá, agora talvez me conte no que trabalha?

Os dois começaram uma conversa amigável. Greg se acomodou à vontade no sofá perto da lareira, de frente para o meu pai, sentado numa grande poltrona forrada de jeans. Indagativo, papai acendeu seu cachimbo. O celular tocou, vi que vibrava com um prefixo desconhecido justamente quando a água fervia, e não iria atender com medo de uma bronca. Coloquei o café numa garrafa térmica sobre uma bandeja de madeira, algumas bolachas doces que tínhamos comprado. Notei que o Greg me olhava diferente, levantou-se para ajudar, perdi o fôlego. Pensei que papai tivesse notado, mas ele continuou pitando seu cachimbo de madeira clara e seu fumo com cheiro de baunilha, hábito adquirido do meu avô.

– Pode deixar, eu ajudo. Posso pôr em cima da mesa?
– Claro, já sirvo. Obrigada.

O telefone da casa começou a tocar, nem sabíamos que tinha um, num modelo antigo – pensamos que fosse decoração.

– Mariana, pode atender? – Falou papai.

– Quem deseja? (é para você, disse que é por parte da tia Mirella).

Um pouco assustado, veio ao telefone. Greg parou, interessado na conversa.

– Pois não? Quanto tempo? Impossível, não posso me ausentar por mais dez dias. Ok, falamos amanhã.

Lívido, pegou o cachimbo e saiu da sala, sem dar explicação e sem se despedir do Greg.

– Seu pai vai voltar?

– Acho que não, deve ter ido atrás de seus pássaros. – Foi a justificativa mais simples que achei.

– Gostaria de dar uma volta amanhã para conhecer o parque?

– Ficaria encantada, ainda não tive tempo de passear e apreciar as borboletas monarcas. São minha paixão, e a oportunidade de estar aqui é fantástica. Diogo pode ficar com o papai.

– Se quiser, ele pode nos acompanhar.

– De je-je-jeito ne-ne-nhum, não quero ver borboletas.

Respirei, só assim poderia descobrir quem é esse intrigante cidadão que fala português praticamente sem sotaque.

BERLIM
2011

— Chegou na hora exata — falou Sacha.
— Meu dia foi duro, trabalhei muito.
— Trabalhar é muito bom, cansa o corpo, desanuvia a mente e ainda põe comida na mesa.
Caí na gargalhada, ri tanto que Sacha começou a rir. Rimos e rimos. Parecia terapia. Minha barriga doía — compartilhar o riso contamina.
— Já que jogamos nossos pesadelos para debaixo do tapete, vamos ao que interessa. Consegui falar com um amigo que trabalha da vara da criança e do adolescente, ele prometeu que iria descobrir quem é o juiz que toma conta do caso do seu neto para tentar uma aproximação ou um telefonema. Logo teremos alguma notícia.
— Não sei como agradecer. Roberta vai ficar radiante.
— Seu antigo genro, Samir, está em vias de ganhar o processo. Malik com certeza deve ficar com ele. E a menina, continua com sua filha?
— Mora com ela e com Itkul. Temo que minha filha se envolva de forma irreversível com esse homem.
— Muitas mulheres estão indo para o mundo islâmico. Não têm noção do que as espera.
— O que acha que devo fazer para convencê-la a não se unir a esse homem?
— Acho que nada. Não vai conseguir mudar o que ela pensa. O Samir tem gastado muito dinheiro com advogados para ficar com as crianças. Deve amar os filhos.

– Não é ele, é o tio, que, segundo soube, é uma pessoa de muito sucesso financeiro e, desde que o irmão ficou inválido, pede a Roberta que lhe entregue os sobrinhos, mas ela se recusa.

– Roberta só conseguirá sair da Alemanha de forma ilegal.

– Isso é loucura!

– Por que veio para a Alemanha?

– Por tudo que lhe contei. Não tive dúvida em vir para Alemanha, contei com o amor de Villaforte, mas cega de arrependimento. Expliquei como pude aquela confusão. Minha vida, desde então, tem sido um mar revolto. Villaforte não me deixa falar com a Mariana nem com o Diogo, acho que eles também não querem falar comigo – não lhes tiro a razão. Como sempre, larguei meus pedaços e não sei como fazer para retomar o que mais amo neste mundo. Estou exausta, com meus nervos à flor da pele e profundamente angustiada, temendo que tudo o que fiz pela Roberta e meus netos tenha sido em vão. Sacha, como conseguiu as informações sobre o meu neto?

– Desde que passei a conhecer melhor sua história, tenho me interessado pelo Brasil – apesar de velho, sou curioso. Penso que ainda tenho muito o que fazer. Minha cabeça não para, gosto de novidades e estou sempre imaginando o que poderia ser feito, mas minhas ideias não servem para nada, simplesmente me confortam quando penso que não estou sozinho no mundo. Você entrou de forma generosa na minha vida, sem julgamentos. Aliviou meu coração por me ouvir, jamais contei para ninguém o que me aconteceu. Se tivesse uma filha gostaria que fosse como você – por hoje basta. Quer ouvir alguma música em especial?

– Qualquer coisa. Obrigada.

Sacha abriu a tampa do pequeno piano de parede, sentou-se, apoiou as mãos, e deslizou a música de Marlene Dietrich, *Lili Marleen*. O toque era denso e cheio de nuances. Fiquei ainda alguns minutos ouvindo aquele homem que passou a fazer parte da minha vida. Não saberia dizer se poderia ser meu pai, meu amigo, ou meu irmão. Eram tantas coisas naquela recente relação. Sacha fez com que eu passasse a avaliar valores e crenças. Não era por Deus, mas por mim mesma. A paciência, o olhar doce e sincero... Era bom poder deixar que as pessoas não tivessem barreiras.

A campainha da porta tocou. Sacha levantou-se com dificuldade.

– Deve ser cliente, faz tempo não vendo um objeto de valor. Pode entrar, estou ao piano com uma amiga. O que deseja?

A senhora vestia-se de forma extravagante. Cabelos louros eriçados, vários colares, óculos brancos, saia preta de bolinha branca rodada e um casacão vermelho. Falava alto em inglês com sotaque italiano.

– Boa noite! Procuro por coisas diferentes que me façam desejar. Alguma estátua de homem nu ou um Apolo de mármore branco. Gosto do toque sedoso da pedra. Como Miguel Ângelo com seu Davi! Se for do tamanho real, pagarei um pouco mais. Sou excêntrica e poderosa! Agrada-me o belo. Quero colocar em minha sala de jantar. Tenho amigos importantes e quero impressionar.

Sacha baixou a cabeça, parecia acostumado com aquele tipo de cliente.

– Pois não, tenho muitas estátuas que talvez possam lhe interessar.

A campainha tocou novamente, e Sacha pediu que eu atendesse. Ao abrir a porta, ninguém mais do que a Rose apareceu, como uma visão. Seus cabelos ruivos caíam sobre os olhos por causa do vento, e ela tentava em vão prendê-los com a mão.

– Rose? – Perguntei timidamente. – O que faz aqui?

– Temos problemas com Itkul. Posso entrar?

– Claro, desculpe! Ouvi Sacha explicando sobre a estátua que ele tinha no final da loja. Não perguntou quem era, e eu também não informei.

– As investigações policiais começaram, vários órgãos e periódicos se encontram sob suspeita, principalmente o jornal, onde Itkul aparece. Meus informantes avisaram que irão fazer uma varredura semana que vem. Todos os participantes de manifestações terão suas vidas vasculhadas. Estou achando nosso prazo apertado. Cabe aqui a sua ajuda!

Sacha parecia atento à conversa, trouxe a italiana para perto de onde estávamos com o pretexto de mostrar outra estátua, só que bem menor do que a outra.

– Caríssimo, essa estátua ficará pequena na minha sala. Como irei impressionar meus amigos? Disseram que o senhor possui relíquias de guerra! Meu pai colecionava condecorações.

– A senhora veio ao lugar errado, o único diferente aqui sou eu. Já estou mumificado, meus dentes são marfim do mais puro, meus óculos ganhei de amigos que sobreviveram aos campos de concentração. Minhas roupas, como pode ver, são bastante gastas. Por que me interessaria por condecorações?

– Disseram-me que o senhor é um judeu sobrevivente.

— Sinto lhe dizer, mas a senhora não vai achar o que procura em minha loja!

— Meu pai fazia parte do exército de Mussolini. Morreu de tanto ódio. Creio que podemos compartilhar do mesmo sentimento.

— De forma nenhuma, os ódios são mais fáceis quando ficam enterrados. Passar bem!

— Não imagino o senhor como um bom comerciante! Passar bem, caríssimo!

Rose e eu vimos a altiva senhora virar-se esbaforida e sair cheia de trejeitos.

— Não se espante, os compradores são cheios de manias. Essa será mais uma para o meu livro de memórias.

— Enquanto atendia àquela senhora, Rose veio me falar de Itkul.

— Esse assunto é só seu, Rute.

— O que sugere que eu faça, Rose?

— Gostaria de marcar um encontro com Roberta no final desta semana. Consegue falar com ela?

— Vou tentar.

— Preciso mais do que isso. Roberta, como companheira de Itkul, corre o risco de ser envolvida nas investigações e marcada como terrorista — falou Rose.

— Isso seria a morte!

— Calma, ainda temos tempo. Fale com sua filha, talvez ela também já esteja a par de tudo — falou Sacha, apaziguador.

— Amanhã! Hoje seria bom colocar a cabeça no lugar e arranjar uma estratégia para abordar esse assunto com a Roberta. Obrigada, Rose, conversamos amanhã.

— Aceita um chá? — Falou Sacha antes que ela fosse embora.

– Seria bom, o frio lá fora é intenso.

Pela primeira vez, percebi em Rose uma pessoa extremamente gentil e culta. Deixou que Sacha falasse um pouco de seus antepassados. Sacha contou que encontrou no pequeno livro, que sobrevivera à Segunda Guerra, as memórias de seu pai, que seu tio-avô paterno chegara ao Brasil por volta 1885 e teria participado da fundação de uma escola no interior do Rio Grande do Sul. Teve vários filhos, todos com nomes brasileiros. Rose ouviu com atenção e curiosidade. Por fim, mostrou-se entendida em história do Brasil. Comprometeu-se a ajudar na pesquisa do ramo brasileiro dos parentes de Sacha – tinha muitos amigos pesquisadores.

* * * * *

A noite não foi mais tranquila do que as que dormi de luz acesa, temerosa do que poderia acontecer com minha filha e netos. A hora passava lentamente e eu podia ouvir o barulho dos ponteiros do relógio. Por volta das sete horas da manhã, arrisquei um telefonema.

– Roberta!

– Já pedi para não me telefonar tão cedo.

– Preciso falar. É urgente.

– Não tenho tempo para assuntos que não lhe dizem respeito.

– Mas dizem respeito a seus filhos!

– Já sei que tenho de me reunir com meu cunhado. Recebi uma intimação.

– É mais sério do que isso.

– Quando puder, telefono de volta.

– Por favor, é urgente que me escute!

Desligou o telefone. Não tinha nada a fazer a não ser aguardar. Esse era o resultado do que eu tinha feito. Amargurada, gostaria de ter a chance de poder nascer de novo. Minha vida sempre foi a de um só tempo, o de andar sobre o beiral de um prédio, sem pensar ou refletir, obstinada em me livrar das agressões e das brigas impostas por meu pai, por invejas e frustrações, as quais fui submetida desde a mais tenra infância. O temperamento violento do meu pai, arrivista e malicioso, destroçou a esperança de dias melhores em nossa família. Éramos meus irmãos e eu o foco de sua loucura e insanidade.

Casei-me para me livrar da pobreza, da falta de afeto e dos ódios. Minha mãe ainda viveu muitos anos e faleceu há pouco tempo. Dediquei-me a ela, tratei-a com respeito e amor. Nunca nos abandonou, sofreu por todos nós e por sua covardia em abandonar o marido. Trabalhou dia após dia no caixa de um banco para manter os filhos. Não segui seu caminho, procurei a felicidade num bar de esquina – era assim que eu traduzia meu casamento com um alemão que conheci numa festa de amigos. Separei-me dele da mesma maneira que se despreza a guimba de um cigarro na calçada, apesar do prazer que o cigarro oferece. Não havia o que fazer, a vida não volta, não retrocede, e eu tinha de conviver com as amarguras das minhas decisões.

O celular tocou. Era Sacha.

– Consegui o telefone da casa onde seu neto está morando. Pediram que só telefonasse no sábado de manhã. Parece que os pais saem para trabalhar numa feira de produtos agrícolas, e ele fica com o filho menor do casal.

Não conte como conseguiu o contato. Esse amigo me deve favores e, se for pego, será preso.

– Não tenho como agradecer seu empenho em me ajudar. Serei eternamente grata.

– Seria melhor não vir à loja hoje. Preciso resolver assuntos pendentes.

– Amanhã nos vemos. *Bye*!

Outra chamada ao celular. Era Rose.

– Gostei do nosso encontro. Já pedi para fazerem uma pesquisa sobre a família do Sacha no Brasil. Comentou sobre quem sou eu?

– Não tive oportunidade, mas seria bom dizer que você trabalha com a Mirella em alguns projetos especiais. Ele deve imaginar que seu escritório é poderoso, quis saber quem eram as pessoas que perguntaram sobre a vida dele. A Mirella sabe o que faz. Alguma dificuldade?

– Não, mas andei perguntando um pouco mais sobre seu amigo. Descobri que tem muitos desafetos – parece que são parentes de antigos oficiais alemães, que o perseguem. Procurei o *Centro Simon Wiesenthal*. Seu amigo deve esconder algum segredo importante – não tinham autorização para falar. A única coisa que pude apurar foi que o pai de Sacha e Simon Wiesenthal estiveram no mesmo campo de concentração de *Janowska*, na Segunda Guerra, apesar de o pai de Sacha não ser judeu, era casado com uma judia. Sacha parece ter um certo prestígio aos judeus que trabalharam na captura de oficiais nazistas.

– Para ser sincera, acho que Sacha sabe mais do que demonstra.

– Precisamos tomar cuidado, nosso plano pode fracassar – falou Rose.

– Não seria honesto da minha parte esconder de Sacha o que está se passando?

– Desculpe, Rute, mas seria melhor não se abrir com quem não conhece. A situação é bastante delicada. Fiquei sabendo que seu marido brasileiro e filhos estão no Canadá.

– Como no Canadá? Villaforte trabalha! As crianças não estão de férias.

– Muitas coisas não andam pelos caminhos que conhecemos. Seu marido foi contratado para uma pesquisa e levou os filhos.

– Não pode ser verdade. Mirella teria me contado.

– Não foi por ela que fiquei sabendo. Falou com Roberta?

– Preciso saber mais sobre o que minha família faz no Canadá! Não consegui falar com Roberta, que prometeu telefonar mais tarde.

– É melhor se esforçar para falar com ela. Sou advogada, não uma agente do FBI.

– Como assim, agente do FBI?

– Falei que não era agente! Sou advogada e, como tal, digo mais uma vez que é urgente que você se empenhe.

– Ok, farei o que estiver ao meu alcance!

O TEMOR

Os dias seguiam intermináveis apesar do trabalho. Roberta não me telefonou e eu não poderia contar com Klaus, pai de Roberta, que vivia num estado etílico e casado com uma marroquina sem educação. Tinham um filho de oito anos, e ele, completamente seduzido por essa mulher, não procurava a filha. Não seria justo contar para Gertrude, já com idade avançada e que tentava sobreviver de maneira prática. A capacidade de resolver os problemas seria por minha decisão e risco.

Voltei à mesquita em *Kreuzberg*, a que Itkul frequentava. Uma mesquita moderna, cheia de alto-falantes para que os muezins chamassem para a oração. O minarete parecia a torre de um castelo moderno. Próximo ao local, mulheres circulavam com lenço sobre a cabeça, outras completamente aprisionadas pelo véu, as crianças brincavam.

Uma delas em especial chamou atenção – de burca, com tela sobre os olhos e luvas pretas, arrastava um menino, usando calça cargo camuflada. O garoto parecia ter por volta de oito anos de idade, empunhava uma metralhadora que se assemelhava a uma de verdade, dessas que vemos nos jornais todos os dias. O menino apontava para as pessoas e gritava palavras que não seria capaz de reproduzir. Fiquei nervosa ao ver aquela cena.

Era esse tipo de vida que temia por minha filha e netos. O fato de ainda estarmos na Europa me deixava relativamente tranquila, mas a incerteza e o comportamento de Roberta me levavam a crer que as coisas pareciam sair do controle. Caminhar era a única coisa que me fazia pensar com clareza. Telefonei para a casa onde trabalhava como diarista, desculpando-me por não poder comparecer. Fui até o *Tiergarten*, parque onde antigamente os reis da antiga Prússia caçavam. Andei por entre as árvores, passei pelo monumento a Bismarck, atravessei uma de suas pontes cruzando o rio *Spree*, até a incrível coluna da Vitória, toda dourada – a magia do sol atravessava sua coroa de louros. O jardim vivia seu tempo outonal, colorido do amarelo até o laranja ferrugem. O vento sibilava, a felicidade na face das crianças. Os pais sentados liam com tranquilidade, com a segurança que os norteava. Por segundos, senti tristeza, submergi na realidade dos meus filhos no Brasil, que viviam cheios de inquietação e o medo de serem assaltados por um moleque sem futuro, ou sem esperança de continuar vivendo, envolvido com drogas e o crime organizado. Uma imensa saudade corroeu meu coração, não conseguia mais enxergar beleza em nada tampouco sentir amor no peito. O estômago contorcia, e a certeza desvanecia em fragmentos dolorosos e dúvidas inquietantes. A vontade era de correr para casa para abraçar Mariana e Diogo e dizer a Villaforte o quanto eu o amava e o quanto era grata a ele por sua boa vontade e seu caráter inabalável. Ele sabia o quanto seria difícil para mim. Foi no último momento que tive a coragem de lhe contar o que acontecia na Alemanha e com Roberta. Ele gritou, desabafou com raiva, mas pareceu me perdoar e pediu que eu voltasse logo. O sentimento pareceu momentâneo, pois percebi, rumo ao aeroporto, que ele não viria se despedir. Mariana também não apareceu, mas Diogo me abraçava inconformado. Eles nada sabiam. Não havia tempo para mais explicações. Pensei que a estadia na Alemanha seria mais curta. Villaforte não respondia aos meus chamados, as crianças também não me atendiam, talvez por ordem do pai. Infelizmente, seria necessário ficar por mais um tempo. De uma coisa eu tinha certeza: não partiria enquanto não conseguisse salvar Roberta, que talvez não quisesse ser salva. Meu coração a ponto de explodir, a vontade imensa de gritar – suspirei longamente, sem saber dizer que tipo de obstáculo teria de enfrentar.

Sacha compreendia minhas dificuldades, depositei naquele estranho as incertezas e torcia para que ele fosse confiável. Alguma coisa em sua alma de tantos segredos nos aproximava. Voltei ao antiquário, esquecendo que Sacha pedira que eu não fosse lá.

Recebi o chamado da senhora para quem trabalhava, avisando que não aceitaria mais histórias para não comparecer ao trabalho. Pedi desculpas e desliguei. Ao me aproximar do antiquário, notei o mesmo casal de outro dia esperando para entrar. Não consegui ver seus rostos, mas a postura incomum de altivez e arrogância exalava deles. Forçaram a maçaneta com sucesso. Atravessei a rua para ver, através de uma pequena janela que Sacha veio ao encontro deles. A mulher gesticulava e o homem assentia com a cabeça. Sacha se dirigiu aos fundos do antiquário seguido pelo casal. Temi por sua segurança. Fiquei de plantão por algum tempo e vi Sacha voltar e sentar à mesa onde passávamos nossas horas conversando. Esperei uns dez minutos e ele de olhos fechados em reflexão. Não bati na porta, mas fui entrando devagar para não assustar

Sacha, que abriu os olhos surpreso com a minha presença. Arrumou o cabelo, ajeitou a camisa e perguntou:
— O que faz aqui? Pedi que não viesse hoje.
— Estou em apuros, sem alternativa.
— Mesmo assim, não deveria ter vindo.
— Desculpe, volto mais tarde. — Virei em direção à porta.
— Já que veio, fique mais um pouco. Faz muitos anos que não me sinto assim!
— Quer me contar alguma coisa?
— Pelo que sei, foi você quem veio para me pedir ajuda.
— Já passou. Não tive ânimo nem quis ser inconveniente. — Abri um largo sorriso. — Por que não damos uma volta? Vai se sentir melhor.
— Não tenho disposição. Poderia retornar mais tarde?
— Passarei no final da tarde, trazendo um pedaço do bolo da Oma, aquele de que falei.
— Ficarei esperando. Obrigado.
Abracei-o pelas costas e saí, sem sinal do casal que havia entrado. Esperei do outro lado da calçada por uns quinze minutos e nada. Sacha continuava sentado no mesmo lugar de sempre. Tentei telefonar para Roberta, mas novamente ela não me atendeu.

* * * * * *

— Itkul, minha mãe telefonou, querendo falar comigo. Acho que tem um plano para me ajudar no processo do meu cunhado antes que eu perca a guarda dos meus filhos. Sei que prometi que seguiria com você, onde quer que fosse. Astana é sua filha, mas não posso esquecer que sou mãe de Malik e Celi.

– Você vem comigo, seus filhos já estão com o futuro decidido.

– Não penso em me separar deles. Sei o quanto Celi é ligada a mim. Não tenho coragem de abandoná-la. Malik vive com outra família, não perdi a esperança, e ele também quer voltar para casa.

– Não mudarei nada do combinado. Mulheres seguem seus maridos, e minha mulher vem comigo. Vamos para *Semipalatinsk* morar na casa dos meus pais, como reza a tradição. Somos unidos, e você vai se adaptar.

– Ainda não estou decidida se farei isso.

– Você irá!

O imperativo fez Roberta tremer. Itkul nunca tinha falado daquela forma com ela. Apesar de todos os avisos, ela queria acreditar que ele tinha decidido ficar na Alemanha. Não seria sua mãe, nem ninguém, que mudaria o rumo que traçara para os filhos – lutaria até o fim e ficaria na Alemanha perto de todos eles.

O telefone tocou, e Itkul atendeu, falando em cazaque. Saiu sem se despedir. O sangue de Roberta subiu, e concordar com o plano da mãe não seria sua primeira opção. Seguiria com Itkul e os filhos? Não estava disposta a trocar suas conquistas por uma vida de fome, dormindo no chão e se sujeitando ao rigor das leis! Não era isso que queria. Na Alemanha seus filhos tinham colégio e saúde.

Os amigos contaminavam a cabeça de Itkul, mas ele dava bons argumentos para confiar no que dizia. Um paradoxo ou será que ele mudara de fato? Não tinha sido nem uma nem duas vezes que ele se referia com admiração à mãe e à avó. As duas tinham melhorado o padrão de vida da família costurando para fora, cerzindo baias, confeccionado véus e roupas para bebês – deram dignidade para que soubessem ler e comer melhor. A vida na Europa amenizara o julgamento de Itkul, ao menos, no começo, quando disse que viu pessoas sorrindo na Primavera, as flores colorindo a imaginação, as crianças livres dos cheiros químicos dos curtumes e da casinha onde faziam as necessidades. Apesar de tudo, era contra o imperialismo, mas a favor da liberdade de decisão. Queria que todos fossem livres, que as prateleiras do supermercado estivessem sempre cheias, poder ir ao cinema e a lugares cheios de luz. Acreditava que frequentar os grupos religiosos seria uma forma de forçar o Estado a elaborar leis necessárias e de apoio aos imigrantes que constituíram família na Alemanha. Seria impossível para ele viver como católico no Brasil e romper com as promessas que tinha feito aos seus amigos. Já tinha proposto irem por um período curto para sua cidade natal, mas era impossível viajar com os filhos do primeiro casamento para tão longe, com a ação do tio.

Roberta passara a frequentar a mesquita com Itkul, ouvindo os ensinamentos de Alá, no começo não entendia, mas escrevia o que a confortava. Era católica, seria difícil conseguir pertencer aos ideais muçulmanos. Como poderia morar em *Semipalatinsk*?

O PASSEIO

Passei no horário em que combinamos, e Sacha já me esperava perfumado. Trocara o colete de gola de pele por um paletó cinza escuro de lã rústica, tênis branco, camisa bege claro de tecido grosso, que aparentava ser bem usada, lenço bege listrado de cor de vinho no pescoço. Num cabide perto da porta pegou um chapéu de feltro marrom, enfiou na cabeça até a altura das orelhas, colocou os cabelos para dentro, tirou do bolso os óculos redondos de aro bem fino de lentes escuras, escolheu uma bengala de prata com cabeça de javali. Havia muitas delas: de madeira, marfim, prata, todas diferentes e elegantes. A que mais me chamou a atenção foi uma de vidro. Peguei a bengala retorcida, de ponteira de ouro com arabescos que subiam, envolvendo o vidro vermelho – o cabo maciço desenhado de folhas em estilo árabe esmaltado da cor da bengala e, nas laterais, incrustações de turquesas.

– Que bonita! De onde é?

– Pode quebrar, é uma relíquia. – Sacha a tirou da minha mão.

– Nunca tinha visto. É muito especial, para o que serve?

– Foi um presente, e dentro tem um pequeno cano de ouro. Posso caminhar com ela.

– Nossa, nunca imaginei.

– E nunca vai ver. Vamos dar uma volta, quero arejar minhas ideias. Pronta?

– Aonde vamos?

– Passear pela *Fasanenstrasse*, uma das ruas mais chiques de Berlim, e você vai precisar de paciência, andar devagar para acompanhar um senhor idoso!

– Será um prazer!

Foi surpreendente ver meu amigo caminhando com seus pés deformados pela artrose.

Demoramos para achar um táxi Sacha permaneceu calado durante todo o percurso, pagou a corrida – eu me senti como filha acompanhada do pai –, e apontou um banco para nos sentarmos.

– O dia de hoje foi cansativo. Muitos envolvimentos antigos ainda atormentam minha vida, mas tudo está prestes a acabar.

– Como acabar?

– Tenho um lugar para irmos. Conhece o *Literaturhaus Café*?

– Nunca estive lá.

– Vai gostar. É muito antigo, construído em 1889, e atualmente é referência na vida intelectual de Berlim.

Andamos até o número 23 da *Fasanenstrasse*. Entramos por um portão de ferro, pela lateral do lugar, por uma porta de madeira bem alta terminada em arco – afixadas no vidro, várias informações sobre programas literários. Jamais imaginaria que fosse um café – uma casa de tijolos, um jardim bem florido e cheio de plantas. Do outro lado, um pequeno hotel *Fasaner Hall's*, e, na rua, restaurantes e lojas. Enquanto Sacha se entendia com a *hostess*, dei uma olhada nos livros, e, apesar de pouco entender alemão, tentei me distrair. Uma moça loura alta, de roupa preta, gentilmente nos indicou o caminho, e entramos numa sala iluminada pela luz do dia, com uma imensa árvore, uma escada com colunas e um arco em estilo árabe. Sentamo-nos a uma mesa de canto dando para o jardim, próxima à saída. A sala pintada de amarelo, com luzes discretas e quentes, janelas bem altas e em arcos. Sacha parecia tenso.

– Quer jantar? Vou pedir uns ovos com presunto e pão – eles fazem muito bem aqui. Posso pedir também para você?

– Prefiro um doce, pode ser *waffle* com calda de cereja? Parece delicioso. E uma taça de vinho branco. Sacha assentiu e chamou o garçom, que o cumprimentou.

– Conhece o garçom?

– Somos velhos amigos, vinha muito aqui.

Enquanto esperávamos jogando conversa fora, perguntei:

– Poderia me contar o que fazia aquele casal no antiquário hoje?

– Lembra-se deles?

– Como poderia esquecer? Por causa deles precisei me esconder.

– É melhor que não conte a ninguém o que viu. São poderosos e perigosos, não seria prudente que você estivesse ligada a essas pessoas.

– Por quê?

– Sempre o "porquê", aceite o que digo e pronto.

– Esse lugar é muito bonito. Obrigada por me trazer aqui.

– Não vim aqui para fazer turismo. Preciso contar o que descobri. Sei que vai ficar triste, mas não tem jeito.

– O que aconteceu?

– Pois bem, um amigo telefonou hoje de manhã. Malik não quer voltar a morar com a família.

– Como? Não pode ser. Empenhei minha vida para que Roberta tivesse os filhos com ela. Esse tio é cruel. Ele ganhou o direito sobre o sobrinho?

– Não vamos ser passionais. Isso me afugenta. Não é bem assim, meu amigo fez uma visita à família. Como ele já tem idade de decisão, foi questionado. Eu sei que será uma decepção para Roberta e para você, mas precisa entender que sua filha errou muito. Esse homem com quem ela agora está casada parece que é violento com Malik. Os dois não se suportam. Malik se coloca na defesa da mãe e discute com o padrasto. Foi por isso que preferiu sair de casa, procurou a vara da infância e eles acataram como uma decisão provisória. Malik decidiu que nunca mais moraria com a mãe nem com o tio, que ainda pensa que terá a guarda do sobrinho em breve. Precisamos jogar com isso para que a Celi fique com Roberta. Vai ser uma decisão difícil, mas acho que o juiz dará ganho de causa ao tio e ao pai.

Impotente, meus olhos se encheram de lágrimas. Peguei um lenço de papel.

– O que devo fazer?

– Infelizmente, nada. Talvez o pai de Roberta possa ajudar. O menino não quer falar com a família. Disse ao juiz que nunca te viu, que é uma estranha na vida deles, que agora está mais feliz numa família equilibrada e organizada e que jamais irá morar no Brasil. Desculpe ter de dizer dessa forma, não sei falar com subterfúgios. Imagino o quanto isso deve estar abalando seus sentimentos e projetos. Ainda resta Celi. Não consigo pensar no que pode ser feito – provavelmente Roberta irá perder a filha também.

– Tem certeza de que é definitivo o que me disse?
– Sinto dizer, não só é definitiva a decisão, como já foi homologada pelo juiz. O tio das crianças ainda não sabe. Esse amigo transita por muitos caminhos e tenho plena confiança no que ele me contou.

Desandei a chorar compulsivamente, não conseguia encarar os olhos de Sacha.

– Será possível que esteja acontecendo? A Rose já sabe?
– Ainda não, a conversa foi particular.

Sacha apertou minha mão para que eu me controlasse, entendi que ali se encontrava uma barreira que eu não poderia ultrapassar. Sacha saboreou os ovos que cheiravam muito bem e eu devorei o *waffle*, as cerejas e o creme. Não tocamos mais no assunto, o lugar estava cheio de gente. Sacha não me deixou dividir a conta. Saímos de braços dados. A proximidade do corpo quente do meu amigo agasalhou sentimentos que nunca tinha sentido por um idoso.

– Pegamos um táxi? – Perguntei.
– Gostaria de ver outras vitrines, nunca venho aqui, se incomoda de me acompanhar?
– Onde vamos?

Sacha contou algumas passagens de fregueses do seu antiquário, conseguimos rir das situações. Caminhamos sem pressa. O celular tocou. Era Roberta.

– Oi, filha, que bom que me telefonou. Podemos nos encontrar amanhã no final do seu expediente?
– Naquele banco perto de casa às oito da noite. Tchau. – E desligou.
– Não fique tão triste, ao menos, ela telefonou, e amanhã estarão juntas.
– É verdade, tem razão.

– Estou cansado, preciso voltar, ainda não terminei meus compromissos. Posso deixá-la em casa e depois sigo para o antiquário. Falamos amanhã.

Assim fizemos. Sozinha, tive a dimensão da vida da minha filha. Sentia-me sem forças para contar o que fiquei sabendo sobre o Malik, mas precisava dar uma chance a Celi – não conseguiria viver lembrando seus olhinhos quando me disse que eu não partisse eu me apegava a isso. Uma realidade quase virtual pensar que poderia mudar a lei ou a ordem das coisas.

* * * * *

No dia seguinte, cheguei um pouco antes e me sentei, esperando Roberta – já tinham se passado dez minutos do horário e eu começava a me impacientar, pensando que ela, mais uma vez, desistiria. Procurava longe, vendo se era capaz de reconhecê-la. Passei a me orgulhar de Roberta, da forma como lidava com os afazeres do lar e trabalhava – era rápida, eficiente e organizada. Pensei nas idas e vindas ao apartamento para ver a Celi. Unidas, talvez na ilusão de sermos aceitas, me levava a crer que nossas almas se entendiam. Senti uma mão tocar meu ombro. Virei. Era Roberta.

– Que susto. Como chegou? – Vi que a bolsa era gorda, como se estivesse carregando muitas coisas. Suava muito na cabeça, uma característica que nunca esqueci.

– Vim de metrô, precisei saltar antes.

– Algum problema?

– Itkul deu para ter ciúmes de mim. Isso me deixa nervosa, detesto que desconfiem do que estou fazendo. O que é tão importante?

– A advogada que tem nos ajudado falou que o prazo está se esgotando. Hoje é sexta e temos até terça para aceitar o que combinamos. De outra forma, você deve ficar na Alemanha ou partir com seu marido para *Semipalatinsk*.
– E Malik, os advogados deram alguma notícia?
Não esperava que ela me perguntasse sobre ele assim tão de pronto.
– Já tentou falar com o órgão competente? Parece que, pela idade, ele já pode escolher com quem quer ficar.
– Ele não tem maturidade para isso.
– A lei é soberana, acho que você deveria falar com ele. Se quiser, tenho o telefone da advogada. O que acha de telefonar?
– Não gosto que me pressionem.
– Não é só pressão, seria bom que soubesse o que acontece com ele – faz tempo que não temos notícias.
– Dessa vez vou concordar, você poderia ligar para que eu possa falar. – A voz que concordou foi baixa e tímida. Peguei o celular e liguei para Rose.
– Boa tarde, Rose! Roberta está comigo e quer falar sobre Malik. – Entreguei o telefone.
Não ouvia o que diziam, mas a fisionomia de Roberta foi se fechando como o céu anunciando uma tempestade. Os olhos vidrados falavam o que eu já sabia. Não tive coragem de dizer uma palavra. Aquietar meu coração era a melhor coisa a fazer. Roberta desligou e me entregou o celular. Em silêncio, sentou-se mais perto, pegou na minha mão e apertou, fazendo-me arrepiar – nunca tínhamos tido um toque tão próximo. Levantou-se e saiu correndo, e pude perceber que tirava da bolsa um pano para cobrir a cabeça. Chamei por ela diversas vezes. Ro-

berta precisava refletir sobre a dura notícia que acabara de receber. Telefonei de volta para Rose.

– Oi, Rose, Roberta ficou transtornada e saiu correndo, nem olhou para trás. Estou com muita pena dela. O que devo fazer?

– Chegou o momento de mostrarmos o que sabemos e, se não for agora, ela vai viajar com ele. Soube que ele esteve na companhia aérea, indagando sobre o preço das passagens. Pelo que me consta, ele não tem dinheiro, não esse valor.

– Roberta me contou que vem sendo seguida pelo atual marido.

– Na realidade, não é por Itkul, mas pelo cunhado. Ele desconfia ou ficou sabendo de alguma coisa. Existe um grande escritório de advocacia por detrás dele. Parece-me, mas ainda não consegui confirmar, que um advogado teria viajado para o Canadá para vigiar o Villaforte.

– Como assim? Por que o Canadá? Continuo não entendendo nada!

– Não precisa entender. Seu marido está em *Point Pelee* com seus filhos. A princípio, foi contratado por uma companhia estrangeira para fazer algumas pesquisas. Ainda não falou com ele?

- Tentei, mas foi impossível. Ele não atende. Posso fazer uma pergunta um tanto indiscreta? Por acaso tem alguém seguindo Itkul?

– Acho melhor nos encontrarmos, temos muito o que conversar. Ainda tem aqueles jornais?

– Estão em casa, mas, se preciso, posso deixar no seu escritório.

– Conhece alguém para deixar na casa da Roberta?

– Posso pedir ao rapaz da loja de verduras, dou uma gorjeta.

– Prefiro que não faça isso, vou mandar alguém de minha confiança. Qual o melhor horário logo cedo?

– Acordo às seis e meia.

– Ótimo! Vou pedir para interfonar, desça, mas não abra a porta, entregue pela fresta aberta.

– Quanto mistério, me sinto num filme de espionagem.

– Melhor assim, sem envolvimentos. Mais uma coisa: agradeça ao Sacha – se não fosse por ele, não teríamos notícias do Malik. Pode não parecer, mas ele tem contatos importantes.

– Nunca me disse nada.

– Ele não vai falar, acho que deve gostar muito de você.

– Parece que tenho um amigo. Quando nos encontramos?

– Amanhã na hora do almoço, pode ser ao meio-dia e meia no *KaDeWe*, no último andar. Vou sentar bem próximo à escada rolante, decidimos depois onde vamos comer. Sabe onde fica?

– Claro, combinado. Mais uma vez, obrigada.

Saí de nosso encontro impressionada e decidida a telefonar para o Villaforte, mas imediatamente desisti. Queria o ombro amigo de Sacha.

*****

Depois do encontro com Rute, Sacha não deixava de pensar em seu trabalho durante os últimos anos: procurar por antigos membros nazistas e principalmente os da família do comandante do campo onde seus pais tinham

morrido. Conseguiu, mas assim que percebiam que alguém os encontrava, mudavam de cidade. Há anos gastava parte do que tinha se apropriado naquele dia fatídico para satisfazer seu anseio de punir quem tanto mal tinha feito a crianças como ele. Trabalhar para o *Centro Simon Wiesenthal* não era um passeio no bosque. O casal que o ameaçava desejava tudo de que ele tinha se apossado depois da guerra, não deixava pistas e nada os ligava a nada. Naquele momento os deixara presos no porão de sua casa. Sacha tinha concordado em correr aquele risco – soltá-los seria uma tarefa difícil e perigosa. As coisas estavam se ajeitando e ele tinha planos de mudar de vida. Rute passou a fazer parte da sua vida – e não poderia mudar o que o destino mandara como um presente para sua velhice. Entrou no antiquário sem fazer barulho, trancou a porta, fechou as cortinas, sentou-se ao telefone, discou o número e ouviu a senha que ele sabia de cor. Respondeu com duas palavras. Do outro lado da linha alguém disse:
– Sacha, em que posso ajudá-lo?

INESPERADO

A cabeça ainda doía à espera do telefonema de Roberta. Ouvi o interfone tocar e como apalavrado com Rose, atendi para ouvir a frase combinada. Ainda de robe e um chinelo que fazia barulho a cada pisada, entreguei o pacote com os jornais, fechei a porta e subi. Sem perder tempo, eu me vesti para trabalhar, fiz café num pequeno bule Bialetti, esquentei o pão com manteiga e geleia de morango, uma fatia grossa de queijo, saí ajeitando o casaco. Apressada, corri até a estação de metrô, entrei com pessoas que seguiam para o trabalho. Sentei-me ao lado de um senhor de meia idade, que lia o jornal *Die Welt* – a página aberta nos noticiários da cidade. Como o percurso era longo, comecei a ler o jornal do vizinho. Ainda não entendia muito bem, e o meu alemão falhava sob pressão, mas a foto de um casal encontrado morto de mãos dadas sob uma árvore chamou minha atenção. Era familiar e não me deixava tirar os olhos da notícia. Algumas estações adiante, o senhor saltou, e, ao subir as escadas, lembrei-me do casal – era o que havia ameaçado Sacha. Parei na primeira banca e comprei o *Die Welt*, li com bastante calma para não perder as palavras. Abaixo da foto, o comentário de que o casal tinha sinais de envenenamento e, sob a mão do homem, uma carta de despedida. O casal afirmava que tinha decidido pôr fim à vida por desesperança e falta de emprego, por não ter o que comer e, o que era mais estranho, pedia perdão a todos os inocentes que tinham morrido na guerra.

Teria Sacha alguma coisa com aquele assassinato?

O telefone na bolsa vibrava. Era Roberta, mas a ligação caiu para, logo em seguida, voltar a tocar. Dessa vez, ouvi Roberta gritando.

– Celi desapareceu! Fui seguida por dois homens, parei para comprar leite para Astana e, enquanto separava o dinheiro, me virei, e minha filha não estava mais lá! Saí gritando, mas ninguém tinha visto nada, só uma moto que passou correndo e pareceu que ia cair. O mercado fica numa rua meio deserta, não havia ninguém que pudesse me ajudar ou dar qualquer informação. Já telefonei para Itkul – é o horário do seu grupo de estudos – e ele não atendeu. Estou desesperada.

– Como assim? Não viu nada? Vai precisar dar queixa na delegacia mais próxima.

– Vou perder a guarda da Celi como perdi a do Malik. – Desabou a chorar.

– Estou indo para sua casa. Verei se posso ajudar.

– Se Itkul chegar, é melhor você sair.

– Roberta, sei que não é o momento, mas precisamos acertar muitas coisas daqui para frente. Estou indo.

Só haveria duas possibilidades: ou aceitava Itkul, ou as decisões do ex-marido. Não saberia dizer qual seria a mais provável. Telefonei para Rose, a única que poderia saber o que fazer no caso do sequestro.

– Oi, Rute, já fiquei sabendo, tenho uma pessoa que segue a Roberta. Foi um pedido especial e não sei quem exigiu, me informaram que sabem de tudo, mas querem continuar incógnitos. Deram-me provas de que agiram de boa vontade e para o bem da Roberta. Mandei investigar todos os dados que me passaram, e todos estão corretos. De qualquer forma, não podemos confiar. Uma mulher me telefonou e acabou de contar que foi um motoqueiro que pegou a menina, já estamos em contato com a polícia e as autoridades competentes. Vai ficar difícil para Roberta, com mais esse episódio em sua ficha – vão alegar descuido e irresponsabilidade ao tomar conta de uma criança. Quem fez isso fez de cabeça pensada. Sugiro não acusarem ninguém, pois não temos provas. Itkul vai ser chamado para prestar depoimento. Diga para a Roberta que é bom se preparar com o advogado que vou mandar. Temos de fechar todas as possibilidades, mas as circunstâncias depõem contra ela. É melhor ficar com sua filha, não falar muita coisa e não deixar transparecer o que contei. Fique atenta a tudo o que ela disser.

Fiquei estarrecida. Pensar que a vida corria em paralelo ao que víamos era assustador. Nada que fizesse no momento teria qualquer tipo de influência no que estava por vir. Fui à casa da minha filha que, a cada dia, despertava mais o meu amor esquecido. Ao vê-la, corri para abraçá-la, que desabou em prantos, soluçava como uma criança. Temi pela sua frágil condição e nada disse, apenas acolhi seu choro guardado por anos, pedi desculpas a ela milhões de vezes, roguei a Deus que a ajudasse, mas eu teria de conviver com o que havia feito. Sim, ela se tornara muito melhor do que eu. Pude entender a couraça que nos separava, abracei-a, transbordando de amor maternal. Aos poucos, ela foi se aprumando. Agradeci a Deus pela oportunidade. Não se passa por essa vida em branco, nem mesmo o que construímos em pensamentos eternos e imutáveis. Entendi, mais uma vez, que o curso da vida não se encontra em nossas mãos, mas no que temos de aprender para estarmos bem. Eu tinha mudado e tudo à minha volta havia desmoronado. O inesperado responde que não temos controle de nada. Passamos a noite em claro, Roberta chorava, comia de nervoso, como eu fazia quando adolescente.

Itkul voltou tarde, ela gritou, cobrando um posicionamento, perguntando por que demorara tanto e não tinha retornado seu chamado. Ele se mostrou frio a respeito da menina, disse a ela que logo voltaria, e acusou o tio. Bradou que fora um mero artifício para separar os dois, que Celi estava impedindo que eles viajassem. Disse que o tio queria se livrar de Roberta, logo chegaria o pedido de resgate e o impedimento para que ela mantivesse a guarda de Celi. Agarrou Roberta pelos ombros e a sacudiu, dizendo que o seu povo vivia aquilo todos os dias, que mulheres e crianças eram sequestradas e todos seguiam suas vidas, que tudo aquilo fazia parte da vida dela e não era um problema dele. Pediu que Roberta se aprumasse. Logo sairiam dali para uma vida de paz e harmonia com sua família. Roberta emudeceu, os olhos se arregalaram – pude ver o terror em sua expressão. Sentou-se no pequeno sofá da sala, colocou a mão no rosto e não disse nada. Seu corpo paralisou. Tentei me aproximar, mas Itkul segurou meu braço e, diante do meu espanto, falou:

– Ela vai se recuperar. Celi não pertence só a Roberta, o pai tem direito soberano sobre a vida da filha. Não se espante se a menina não voltar.

A cultura regia aquele homem, e ele era pai da minha neta. Tudo o que estudara e sabia pelas notícias de jornal e filmes estava se materializando. "Nunca vai acontecer comigo", uma expressão conhecida, e a certeza de que aqueles argumentos não faziam parte da nossa cultura e que estávamos seguros no mundo em que vivíamos. E, como nada flui como esperamos, cheguei à conclusão de que Itkul não amava Celi como sua filha – aquela menina linda e carinhosa era um instrumento de sedução. Roberta era tudo o que ele queria como trunfo – tinha convicção de que seus familiares ficariam encantados com aquela moça loura de cabelos cacheados que o aceitara, largando tudo para segui-lo.

A INVESTIGAÇÃO

No dia seguinte Roberta foi chamada para depor, questionaram seu relacionamento com Itkul e a possibilidade de ter sido ele o autor do sequestro da menina, já que se preparava para voltar ao seu país natal. Roberta, aparentemente calma, ao ouvir sobre a possibilidade de partir para o Cazaquistão, caiu novamente em prantos. Talvez tivesse se convencido que deveria mostrar equilíbrio, mas poderia levar às autoridades a concluírem que ela estava envolvida no caso de sequestro. O inquérito durou duas horas. Sabiam tudo sobre ela, inclusive que passara a frequentar a mesquita com Itkul e começara a se relacionar com as mulheres do segmento mais ortodoxo. Roberta negou veementemente a informação, mas infelizmente as suspeitas recaiam sobre ela e Itkul. Os agentes estavam convencidos de que a menina seria contrabandeada para forçar Roberta a ir para o Cazaquistão. Roberta respondeu com sinceridade que não era verdade, que já tinha dito a ele que não se mudaria do país, e que, se ele quisesse continuar casado com ela, deveria permanecer na Alemanha. Itkul também negou qualquer participação no sequestro, e a polícia liberou o casal, já que não tinha nenhuma prova sobre o assunto. Ao saírem, acenei, Roberta veio ao meu encontro. Abracei-a e baixinho disse ao seu ouvido:

– Eu te amo, filha. Farei qualquer coisa para compensar o mal que causei. Gostaria de acalentar os segredos do seu coração ferido, que perdi quando a deixei à mercê da

sorte e do destino. – Rose presenciou, mas Itkul não, o que foi um alívio. Roberta fechou os olhos, sem mais demonstrações, deu o braço a ele, e saiu. Rose se aproximou:
– Ela está pronta, vamos agir.

A DECISÃO

Três dias se passaram. Roberta lamentava-se no ombro da avó, que, apesar de não sair de casa, passou a visitar a neta todos os dias. Decidi que também era hora de as coisas ficarem nos seus devidos lugares e passei a tratar minha ex-sogra com respeito e amizade. O pai não se manifestou, Rose trabalhava incessantemente. Numa quinta-feira antes do meio-dia, recebi um telefonema de Sacha.

– Celi vai chegar daqui a meia hora. Prepare Roberta, devemos partir no sábado no final do dia. Desligou o telefone.

A primeira coisa a fazer seria telefonar para Rose; Peguei o celular, mas uma chamada do outro lado do oceano apareceu – a voz era baixa e trêmula.

– Como vai? Espero sua volta para o Brasil, seus filhos querem falar. Quase não reconheci a voz de Villaforte.

– Mamãe, é você? Estamos bem, o Diogo quer falar, mas não consegue, papai contou sobre todas as suas dificuldades na Alemanha, mas que já conseguiu resolver. Viajamos por causa do trabalho dele. Em alguns dias, partiremos de volta ao Rio. Beijos.

– Mariana? Só conseguiu ouvir o barulho de chamada encerrada.

Suas mãos tremiam. Tentou ligar para Rose, repetiu a chamada por várias vezes, sem sucesso; Telefonou para todos os números que tinha dela, mas ninguém atendia. Roberta entrou na sala com os olhos fundos, descabelada e bastante magra; só conseguia ingerir líquidos. Tinha ouvido a conversa da mãe com o padrasto, mas não o telefonema de Sacha.

– Preciso que se sente aqui, é importante. Acabei de receber um telefonema, Celi vai chegar daqui a meia hora!

– Como assim? Não deve ser verdade, a polícia não tem provas, nem consegue saber quem foi! Quem te contou? Deve ter sido algum charlatão que quer tirar o seu dinheiro. Devem pensar que é rica!

– Foi Sacha quem me avisou.

– E você acredita nesse velho? Como pode dar crédito a ele, se nem a polícia sabe quem fez essa barbaridade.

– Eu acredito e pronto; Mais uma coisa: temos de partir imediatamente.

– Como vou contar para Itkul? Tenho uma filha com ele!

– Rose deve saber o que fazer.

– Essa Rose nunca ajudou em nada, como vai fazer isso agora?

– Sei que existe uma firma de advogados por detrás de tudo e você vem sendo investigada e seguida a pedido do seu cunhado, só um milagre pode mudar o que está por vir. Rose já me contou que você se negou a assinar um papel, que daria todos os poderes para seu cunhado cuidar dos seus filhos. Agora chegou a hora de negociar com ele. Ou você assina ou vai presa. Ele tem provas de que Itkul vai levar Celi para o Cazaquistão.

– Isso não é verdade! Ainda não decidi e Itkul me disse que não comprou as passagens.

– Soube pela Rose que ele já comprou e foram financiadas por um grupo investigado pela polícia de Berlim.

– Não pode ser, ele não mentiria para mim.

– Minha querida, o coração prega peças que, às vezes, não percebemos. É possível que esteja apaixonada, mas esse homem vai te levar a um lugar sem volta.

– Não acredito que ele possa fazer isso; Até o alemão ele aprendeu para morar aqui comigo, e está sempre me dizendo o quanto é feliz.

– Itkul nunca foi esse homem que você pensa. Prova disso são os encontros com grupos radicais, com os quais, a cada dia, fica mais envolvido. Vamos ter de aceitar!

– Sem condições.

– Ok, vamos esperar para ver se o que Sacha falou é verdade, depois disso fica por sua conta e risco.

PARTE DOIS

O PASSADO ESCREVE O QUE SOMOS
E O MOTIVO PARA VIVERMOS.

POINT PELEE - A VERDADE

Villaforte saía de casa todas as manhãs para, segundo ele, pesquisar. Mariana lia sem parar e aceitava os convites de Greg para irem admirar as borboletas monarcas. Diogo vinha logo atrás brincando com Buck, que o incitava a jogar uma bola de tênis. Pareciam felizes, e Greg fazia seu papel de informante. Mariana, falante, encantava.

Não havia o que dizer para o escritório para o qual ele trabalhava. Seguiu Villaforte por dias e concluiu que nada de estranho ocorria com a família que conhecera, relaxou o olhar e o ouvido – há dez dias passeava investigando. Villaforte, que nunca voltava para casa antes da hora do almoço e o convívio com os filhos, tornou-se bastante amigável. Após o passeio, Mariana o convidava para um café. Diogo, sem se intimidar, ia molhar os pés e Buck o acompanhava. Apesar da atração que sentiam, havia uma certa distância causada pela diferença de idade. Uma revoada de borboletas passou pela janela e pousou em penca na parede da sala. Mariana apontou para Greg que não se mexeu para que não fossem embora. Os dois se levantaram para se aproximar, ouviram o barulho da caminhonete de Villaforte. Encostou na porta de casa e gritou pelos filhos. Ao ver Greg na sala, se aprumou e, com ponderação, pediu que saísse e voltasse à noite para jantar. Greg se surpreendeu com o convite, estendeu a mão e imediatamente saiu sem se despedir de Mariana. Ela ouviu o assobio para Buck e viu Greg partir na bicicleta, com Buck tentando impedir que ele se fosse.

– Pai, o que aconteceu? Você entrou tão nervoso, convidou o Greg para jantar. Pensei que não gostasse dele.

– Então, Mariana, é melhor chamar seu irmão. – Diogo já tinha chegado.

– Preciso conversar a respeito de sua mãe.

– Não vai me dizer que ela vai voltar depois de nos deixar por tanto tempo. Ficou arrependida? Nem quero ouvir o que vai falar. Já sou madura o suficiente para entender o que eu chamo de traição.

– Eu quero ouvir o que você tem a dizer.

– Obrigado, Diogo, venha se sentar mais perto. Sei o quanto vocês se decepcionaram com a mãe de vocês, mas Rute tinha de fazer isso. Nem sei como começar. Apesar de vocês já terem falado com ela, preciso que me ouçam com atenção. No dia em que sua mãe recebeu aquele homem em casa, o que foi assustador para todos nós, não tínhamos ideia de que tipo de vida ela guardava em seu coração. Nunca pedi que me contasse sobre sua adolescência nem sobre sua infância. Estávamos apaixonados, era só o que nos importava. Vivíamos muito bem e, quando Mariana nasceu, ela decidiu me falar sobre seus parentes. Um traço de loucura assombrava os descendentes da família e ela passou a gravidez preocupada e atenta aos sinais que poderiam acometer sua filha, e assim foi com o Diogo. Graças a Deus não tivemos maiores problemas, e continuo crendo na sanidade da nossa família. Nunca me contou sobre sua filha, tampouco que tivesse sido casada e vivido na Alemanha.

Greg não teve dúvida, pegou a bicicleta encostou no primeiro arbusto depois da curva, amarrou o Buck na árvore ao lado e lhe deu um imenso osso que guardava na mochila.

A FAMÍLIA DE ITKUL

Em *Semipalatinsk*, Enlik lembrou que meses se passaram sem notícias do irmão e agora acabara de receber um jornal com a foto de Itkul num grupo de protesto. Não deu valor, conhecia o caminho que ele trilhava, que não era definitivamente do seu agrado, mas, depois de várias desavenças, era a preferência dele – sem se importar, jogou o jornal no lixo. Arrependido, pensou que teria sido cordial mostrar para a mãe, que, amargurada, se lembrava do filho todas as tardes entre lamúrias e choros. Ao voltar do trabalho, Enlik se deu conta de que também não tinha tido a curiosidade de olhar o remetente. Correu para chegar antes do caminhão de lixo, mas foi em vão – o caminhão já ia longe.

As mudanças aconteceram após a partida de Itkul para sua nova vida. Por influência da esposa, Enlik decidiu abandonar o trabalho nos curtumes para estudar. Em poucas semanas já havia conseguido fazer uma planilha, que lhe deu coragem para voltar ao trabalho de tradição familiar e entender os custos do curtume. Aplicado, mostrou dados e o que poderiam fazer para livrar a família dos desperdícios. Começaram por recolher os retalhos das peles que tingiam e, com habilidade, desenvolveram uma bolsa de pano com desenhos em couro. O comércio local aceitou bem a novidade: o retorno do seu esforço foi premiado. O padrão da família melhorou consideravelmente.

Naquele dia, como sempre às seis e meia da tarde, entrou em casa, trocou os sapatos pelo chinelo velho e se dirigiu à cozinha para falar com a esposa. Mãe e avó preparavam a refeição da noite. Ouviu um batido seco na porta de entrada, pediu licença e foi ver quem era. Era um mensageiro que lhe entregou um envelope. Surpreendido ao ler o remetente, era de Itkul, estranhou ter sido postada da Bélgica. Ele escrevia que chegaria em breve, pedia para que contasse à família que voltaria em definitivo, com mulher e filhas, e que poderiam morar juntos, de acordo com os costumes da religião. Enlik não perdeu tempo, voltou à cozinha. Encontrou o pai que a essa hora já se sentara, esperando a refeição. Enlik leu a carta em voz alta para que todos ouvissem. Não teve a ousadia de participar que o irmão vinha com sua mulher católica, uma filha que não era dele, e a filha de nove meses. Deixaria para Itkul a audácia de afrontar a tradição.

CELI

Os ponteiros pareciam não se mover, e o barulho do relógio de parede que herdou da avó mexia a corda de forma regulada. Debruçadas na janela, feita na época da Guerra Fria, esperavam. Quando faltava um minuto para o meio-dia, parou um carro Mercedes-Benz preto, modelo antigo, em frente ao prédio. Roberta apertou a mão da mãe. Saltou do carro uma moça esguia, usava calça preta, um suéter cinza e um boné na cabeça, cabelos louros e lisos amarrados num rabo de cavalo – não era possível ver o rosto, nem as mãos, as mangas eram largas e compridas. Abaixou-se para pegar uma criança que dormia no banco do carro, pernas e braços moles, a cabeça pendia para trás, dando a impressão de estar desfalecida. O motorista jogou um cobertor azul claro por cima do corpo. O motorista, também de boné e de suéter preto de gola alta, ajudou a levar a criança. Tirou do bolso uma chave, abriu a porta do prédio, e a moça entrou com a criança para, em seguida, sair e rapidamente entrar no carro, que partiu em disparada. Roberta saiu correndo pelas escadas. Encontrou a filha, acordando e sorrindo. Abraçou Celi, prometendo que nunca mais se separariam. Seu sorriso estelar foi como um bálsamo, as lágrimas de alívio em ter novamente sua boneca de olhos azuis profundos em seus braços. E, com uma voz animada e cheia de carinho, falou para a filha sonolenta:
– Vamos subir. Tenho uma sopa quente com massinha, aquela de que você mais gosta.

Rute aguardava na porta do apartamento, Astana dormia. A pequena sala era pintada de amarelo aguado, sofá cinza de tecido rústico, tapete peludo cinza, daqueles que engolem pequenas coisas, uma mesa laqueada de cinza brilhante na frente do sofá, com vários descascados por causa das crianças, uma televisão velha, uma cadeira de braço, e um pequeno pufe de plástico, cor de couro e rabiscado de caneta. A mesa onde faziam as refeições era de madeira e as cadeiras de plástico branco. Nas paredes não havia nada, só o relógio presente da avó paterna. A cortina fina voava. Roberta colocou Celi no sofá, ainda embrulhada no cobertor, e perguntou se ela tinha sede. A filha pediu um pouco de leite, mas tinha fome e queria tomar sopa. Roberta foi ao fogão esquentar a sopa e Celi começou a falar.

– Mamãe, você conhece aquelas pessoas que me levaram para passear?

– Não, mas devem ser amigas do seu pai. Você já as conhecia? – A voz grave pelo choro travado soava estranha na fala de Roberta.

– Acho que não, mas elas te conheciam, falavam o tempo todo que você e Itkul iam me levar para viajar e me perguntavam se eu queria ir. Eu disse que não sabia. Falavam a minha língua, muitas vezes usavam palavras que eu não conhecia.

– Não vamos viajar. Ficaremos aqui em Berlim. É o que você quer e eu também. Não se preocupe, o importante é que voltou do seu passeio. Sua avó e eu estamos muito felizes. Minha menina continua linda e que bom seu cabelo tem o brilho de sempre! Tomou banho de banheira, como você gosta?

– Sim, mamãe, a moça que cuidava de mim era muito boazinha. Ela me deu uma boneca, acho que esqueci de trazer. Vovó, você viu se minha boneca caiu?
– Não, querida, mas não se preocupe, compro outra para você.
– A sopa já esquentou? Tenho fome.
Num minuto Roberta pegou o prato, os talheres, e abraçou a filha, cobrindo-a de beijos.
– Para, mãe, quero tomar a minha sopa. A viagem me deixou com saudades de Astana. Ela vai ficar com a gente?
– Ela é sua irmã, vai ficar comigo e com você.
– Não gosto do seu marido, ele é feio. Ouvi o nome dele e não quero que ele volte a morar aqui.
– Astana é filha dele.
– Não me importo, gosto muito dela.
– Estamos casados e ele vai chegar daqui a pouco.
– Vovó, posso ir para sua casa? Quero morar lá.
– Claro, quando quiser. Rute e Roberta se entreolharam com cumplicidade.
– Amanhã combinado? – Olhou para Roberta, que fez um gesto positivo.
– Estou com muitas saudades. Vamos dormir juntas e abraçadinhas. De acordo? Toma a sopa, vai esfriar – falou Roberta, com a voz embargada.

* * * * *

Itkul ultimamente parecia indiferente a Celi, pouco falava com Roberta, o que poderia demonstrar envolvimento no sequestro da menina, mas refletiu sobre o que ouvira de Sacha e concluiu que ele não poderia saber quando entregariam a menina. A chegada de Itkul foi anunciada, tinha por hábito sacudir o chaveiro para avisar Roberta que estava entrando. Celi, já familiarizada com o som do chaveiro, correu para o lado da avó, segurando sua mão com aflição e se escondendo atrás dela, puxou seu braço e sussurrou em seu ouvido: "Vovó, podemos ir para sua casa agora?"

Roberta recebeu o marido sem entusiasmo, que pareceu não enxergar que Celi tinha voltado. Roberta, um tanto decepcionada, fez um gesto para mostrar a filha. Sem muita emoção, ele falou:

– Pensei que a Celi ficaria na casa do pai. Quando ela chegou?

– Há poucos minutos.

– Que bom, minha filha, que você voltou – falou para agradar a Roberta.

– Não sou sua filha, estou indo morar com a vovó, amanhã venho ver minha irmã. Ela ainda é muito pequena. Vamos agora, vovó? O tom imperativo deixou Roberta decepcionada, mas se conteve para não demonstrar qualquer sentimento, baixou a cabeça e aceitou o pedido da filha.

– Vou pegar minha bolsa – falou Rute.

– Logo cedo vou passar na vovó para te pegar e juntas vamos levar Astana até a creche. Me dá um abraço bem apertado, senti muito a sua falta. Vovó vai cuidar muito bem de você. Pegou uma roupa limpa, um pijama, escova de cabelo e de dente, o bichinho de que Celi mais gostava, e o pequeno travesseiro. Celi agarrou o bichinho, abraçou-o com força, e respirou fundo.

Itkul não se manifestou e aceitou que Celi fosse dormir na casa da sogra. Teria a oportunidade de conversar com

Roberta para tratar da partida para *Semipalatinsk*. Rute se dirigiu para a porta com bastante calma na expectativa que Celi desistisse de ir com ela, mas isso não aconteceu. Desceu as escadas, Celi com uma das mãos agarrada à da avó e na outra ao bichinho de estimação, puxou o braço da avó e cochichou em seu ouvido:

– Que bom que está aqui!

Pegaram um táxi rumo ao apartamento com a estranha sensação de que alguém as seguia, e novamente temeu pela neta. Apertou-a contra o peito e pediu que o taxista andasse um pouco mais rápido. Celi dormiu em seus braços. Quando chegaram, pagou o motorista e saltou do táxi. Viu um carro passar e estacionar um pouco mais a frente. Subiu apressada com Celi no colo e ajeitou a neta na cama. Trancou a porta e colocou o cadeado. Dormiria aquela noite no chão. Abriu a janela, saltou para varanda e notou que o carro continuava estacionado. Fechou a janela sem tirar os olhos de Celi. Telefonou para Rose, deixou um recado que Celi voltara para casa, mas que dormiria aquela noite em seu apartamento. Pensou se telefonaria para Sacha, mas não foi preciso, era ele ao celular.

– Prontas para partir? Mandei uns amigos passarem a noite em frente ao seu prédio, não estranhe.

– Pensei que me seguiam. Não vamos conseguir partir amanhã. Roberta parece em choque, Itkul chegou e não percebeu que Celi tinha voltado; a pequena dorme na minha casa. Amanhã, bem cedo, Roberta vai passar para pegar Celi e vão juntas levar Astana à creche. Desculpe, Sacha, não consigo mais dar conta dos meus nervos.

– Vá dormir e deixe tudo por minha conta, vou resolver esse problema. Logo cedo nos falamos.

O DESPERTAR

Sacha já decidira qual seria o seu destino e vinha trabalhando para que tudo fosse cumprido sem dolo. Há tempos tinha colocado em marcha seu plano, devolver a dignidade aos que conhecera e aos que sobreviveram aos campos. A figura do coronel encobria sua mente e vinha devastadora, estourava como uma maré forte que entra pelas frestas sem piedade.

Em sua poltrona, rememorou a noite no campo de concentração, aterrorizado pelo que enfrentaria sozinho depois de ser deixado pelo coronel. Subiu ao sótão, onde passava suas noites e desvelou o segredo das estantes falsas, pegou todos os objetos de ouro, todos etiquetados com nomes e datas, armazenados como produtos e os levou sem pensar, antes que o remorso arruinasse sua coragem, ou o que tinha sobrado dela. Sabia onde poderia encontrar os bens mais valiosos, pegou o dinheiro do cofre que o coronel havia aberto para ele, tirou as milhares de notas, colocadas em blocos e presas por elásticos, e todas as joias que pôde carregar, enfiou numa grande mala velha e num saco de lençol improvisado, e saiu sem olhar para trás. Largou seus desejos expurgos por aquele homem tão gentil e cruel por quem tinha tido amor e o dissabor de conhecer. Esgueirou-se pela porta dos fundos no maior silêncio, conhecia todos os cantos e picadas no entorno da casa, que ficava a poucos metros do campo de concentração. Caminhou com dificuldade pela madrugada, procurando onde poderia se esconder. A princípio, ficou receoso com os cães, mas trouxera uns pedaços de pão no bolso para qualquer imprevisto, e os animais o conheciam – era ele que os alimentava. Por fim, encontrou um lugar de que já ouvira falar e ficaria ali: uma casamata feita na rocha, abandonada e entulhada de lixo e pedras. Escalou para achar a pequena passagem. O cheiro era de umidade e do azedo do lixo – seria o ideal! Carregou o saco e a mala, escorregando sem cair. Esgueirou-se para dentro, pode perceber que só a entrada estava bloqueada e dentro havia uma pequena sala esculpida na rocha. Pegou algumas pedras para camuflar a entrada, abriu o saco e a mala, e, ao se ver rodeado pelo dinheiro e o ouro dos que perderam a vida nos chuveiros de gás, sentiu na própria pele o horror daquelas pessoas. Seu corpo começou a tremer em convulsões e espasmos, os músculos retesaram. Intuitivamente abraçou as pernas e se deitou como um feto. Não se debulhou em lágrimas, mas puniu seu coração pelo que tinha feito.

 Ao raiar do dia, esgotado, os olhos abertos, o estômago roncando, abriu um buraco, ficou de cócoras como as índias para parir, cobriu-se com algumas pedras e por dois dias ficou enterrado. Foram as câimbras insuportáveis que o acordaram, e saiu da hibernação como de um parto doloroso, puxado a fórceps, como um despertar para vida. Chovia torrencialmente, despiu a roupa, saiu de manso, bebeu a água da chuva, lavou as partes íntimas com vigor, passou a mão no corpo, ajeitou o cabelo, voltou à caverna, e esperou a pele molhada secar, enregelado. Foi o seu tempo de reconstrução.

Sem ter para onde ir, pode ouvir o exército americano se aproximando. Entrou mais fundo na caverna, encontrou uma pequena passagem, escondeu os pertences – voltaria depois para pegar. O campo de concentração seria a referência para os anos que seguiam à frente. Fechou a passagem com pedras, com marcas nos braços e no peito, e saiu para ser salvo pelos aliados.

O CONVITE

Àquela altura morava em Paris, já havia passado por várias casas de acolhimento após a guerra e dificilmente se adaptaria a uma vida regrada e familiar. Repetia seu comportamento nos lares que o haviam recebido. Deixava uma carta, elogiando todos da casa e se desculpando, com votos de felicidade. Assinava Sacha, o nome que o coronel lhe dera.

Passou a dormir em bancos, becos, onde encontrasse um canto para esticar as longas pernas. Um dia em especial, viu uma moça jovem, dormindo num desses bancos. Os cabelos louros caíam sobre a testa, o batom borrado passava os limites dos lábios, a boca tinha um filete de sangue coagulado, as meias furadas, a bota vermelha longa até o joelho, enrolada num casaco de lã cinza de botões dourados deitou próximo a ela no chão. Despertou ao ouvir algumas palavras de difícil compreensão. Sacha não moveu um dedo. A moça se levantou um tanto embriagada, chutou suas pernas e gritou ao seu ouvido:

– Moleque, já encontrou o que fazer? Vem comigo, tenho um emprego de que vai gostar.

Ainda com sono, ajeitou a roupa e o calçado um número maior do que seu pé, e acenou com a cabeça, concordando.

– Observei seu rosto enquanto dormia: bem apessoado, traços finos, e cabelo liso e louro. Alemão, parece saber das coisas. Eles vão gostar de você. Meu nome é Marlene. –

Sacha nunca teve qualquer intimidade nem se aproximara de uma mulher. Seguiu calado.

– Entende a minha língua? Sei que o meu alemão é tosco, diferente de você, venho de uma pequena cidade perto dos Alpes, sobrevivendo à guerra com muito esforço. Tudo para mim é novidade, faço qualquer coisa para não passar fome. Qual a sua história? A minha é um monte de lixo. Pareço ter 20 anos? A guerra foi cruel comigo, meus pais não suportaram viver nos campos, mas eu aguentei e aqui estou. Nada mais me abala. Admita que nem imagina para onde vamos! Sacha continuava calado. Será que cortaram sua língua?

Sacha segurou a mão da moça e seguiu andando. Marlene a sacudiu para se livrar da mão áspera dele, com dedos esguios como o de um pianista. Chutou a perna de Sacha em vão. Determinado que ela não fosse embora, segurou com mais força ainda e com docilidade foi laceando os dedos à medida que ela se acalmava.

– Quem é você? Por que não fala comigo? – Perguntou Marlene. – Virando a esquina é onde eu trabalho.

Caminharam em silêncio.

– Não precisa esconder nada de mim. É judeu? Eu também sou judia. Foi circuncidado? Sofreu violência sexual durante a guerra? Eu sofri. Em minutos ele sabia tudo sobre a vida daquela moça desconhecida.

– Chegamos. Você realmente quer entrar? Já cantou alguma vez em sua vida? Suas mãos parecem saber o que escolher. – Entraram sob a luz de um holofote.

– Depois do fracasso de ontem, achei que não voltaria ao nosso cabaré.

– Trouxe um amigo, um pouco assustado, mas que sabe cantar, é bonito e parece saber das coisas. Rapaz, mostra para eles o que sabe fazer e diz o seu nome.

Como aquela mulher podia mandar que ele cantasse? Era como se ele estivesse numa viagem amedrontadora e, ao mesmo tempo, sedutora. Pela primeira vez, em muitos anos, Sacha aceitou o personagem que precisava representar. Ainda sob holofotes, disse seu nome e que conhecia algumas músicas. Se não os agradasse, que dessem um prato de comida e o mandassem embora.

– A Marlene faz parte do meu trato.

– Pode subir ao palco? – Marlene se empertigou e o acompanhou. Sacha sentou-se ao piano e tocou *La vie en Rose*, que tinha aprendido quando menino e distraía o coronel após as noites que passavam juntos – voz de falsete, cantava como uma menina. Marlene aplaudiu com entusiasmo a música de *La Môme Piaf*, o pardalzinho. Foi contratado sem mais perguntas, e Marlene, a sua *Dietrich*, faria seu figurino.

O FUTURO

Itkul esperou Roberta servir a sopa que tomavam à noite e se dispôs a contar o que havia preparado para a viagem. Já mandara uma carta avisando que chegariam em breve, pediu que o irmão informasse aos pais, que pretendia morar na casa, com a família – seria bom para ela e Astana. O melhor de tudo é que as passagens tinham sido financiadas pelos seus novos amigos. Partiriam em dois dias e, se Celi quisesse ficar com a avó, ele não faria nem um tipo de reivindicação nem se oporia. Como já tinham combinado, Astana seria a primeira filha do casal e logo teriam muitos filhos para povoar o mundo. Após o jantar, abraçou Roberta pela cintura, rodando-a e cobrindo de beijos sua barriga. Roberta compartilhou do entusiasmo, mas pediu que ele entendesse que as emoções do dia as tinham esgotado. Deu um beijo amoroso em Itkul, foi até o quarto de Astana para ter certeza de que ela dormia tranquila. Entrou no banheiro e desabou a chorar em silêncio. Enquanto chorava, ouviu a televisão ligada no canal de esportes, torciam para o time de futebol da Turquia, o *Galatasaray Spor Kulübü*.

O PASSADO

Sacha, sentado na poltrona, expirou por suspiros. Mergulhado em seu passado, não conseguia trazer à memória qual tinha sido o dia em que suas lembranças não mais o afligiriam. As paredes envelhecidas de reminiscências afagavam sua honra sem vaidade, dotadas de reparação às suas ausências e receios. Pegou o livro, que o levava a outras dimensões, deixando queimar os cerzidos da mente. Lembrou onde tinha parado, na esperança de que Rute aparecesse. Voltou para as histórias dos antepassados. A despeito de tudo que sofreram seus parentes, não renegou sua fé, entendendo que a adversidade moldara sua índole e, apesar de saber do sofrimento de Rute e do temor do vínculo que Roberta havia consentido para ela e seus filhos, não conseguia julgar Itkul, que nascera muçulmano e permanecia no que acreditava – o importante sempre foi a honestidade.

Contudo, as libertinagens com o coronel ficaram como uma chama tremulante, refém da morte num pequeno sopro de esperança. Lembrou de uma passagem do Antigo Testamento que aprendera aos 12 anos e não saía da sua cabeça. O rabino fazia questão de ler aos jovens em formação: Ezequiel, capítulo 16, versículo 25: "À entrada de cada rua, erigiste um lugar alto e desonraste a tua beleza, dando teu corpo a todos os que vinham, multiplicando as tuas depravações". Mesmo que a morte tivesse engolido seus preceitos, seguia tentando sobreviver. Seu pai fora torturado, mas jamais entregou os parentes de sua esposa – aquele ato de bravura e renúncia lavrara sua consciência, mas a crítica e a culpa dilaceraram seu coração por muitos anos. Aos poucos, foi sentindo o que muitos chamam de perdão, "O Senhor Deus é justo", e, mais uma vez, lembrou-se de Ezequiel e perdoou seus atos e impulsos e o que havia feito em nome da liberdade. A fisionomia do coronel o agulhava, e o ardor flamejava na carne. Depois de anos cantando naquele cabaré no submundo de Paris, tudo havia mudado. Esconder seu segredo era difícil, assegurava que as frestas de seus instintos fossem rasgadas, e trocava a imagem da sua vida pela da mãe sufocada em uma câmera de gás. Asfixiava suas lembranças e as mãos do homem que o introduzira às sodomias e brincadeiras. Quanto mais o coronel o tomava sexualmente, mais religioso se tornava. Lembrava a Torá e seguia, fielmente na escuridão dos seus sonhos, as normas religiosas, exatamente como sua dedicada mãe transmitira – havia guardado o tom suave e melancólico da voz dela, que era seu leme rompendo os trovões da sua vigília de noites em claro, deixando que seu corpo aproveitasse os instintos que aquele homem tentou roubar de sua alma.

 Aos 13 anos foi introduzido na sinagoga e fez o *Bar Mitzvá*. Sua mãe ficou emocionada quando ele quis seguir na fé judaica. O pai aceitou, como aceitara sua esposa. Em tempo algum poderia imaginar que uma guerra tão violenta estivesse tão próxima, sem razão para o poder criminoso de que sua gente fora vítima. A imagem do pai ainda era densa como uma nuvem de tempestade. Sentia seu perfume quando o abraçava ainda menino, apertando suas bochechas vermelhas de tanto correr. Tinha sido feliz. Lembrou-se dos dias na cidade e da Floresta Negra. Achava que talvez tivesse sido aquele tempo que o tenha feito permanecer vivo. Era difícil dimensionar. Parou na página com a aquarela feita da casa perto da Floresta Negra, em *Freiburg*.

* * * * *

No período em que todos ainda viviam em paz, a família costumava pescar nos fins de semana na pequena *Fischerau*, a rua onde moravam os pescadores locais. Foi num dia de pescaria que Agnes, a filha mais velha do casal, se apaixonou por Günter, um rapaz católico. Günter e seu irmão, Josef, viviam numa casa próxima à propriedade e costumavam pescar no mesmo local. Amáveis e educados, acabaram sendo convidados a desfrutar das bolachas e sucos que Agnes e Constance traziam para o lanche da tarde. Os rapazes viviam sozinhos e assumiram os cuidados com a casa. Acabaram descobrindo o que unia as duas famílias. Os avós de Günter e Josef também haviam partido do Ducado de Holstein, durante a Revolução de 1848. Além disso, o pai deles havia participado da Guerra dos Ducados do Elba. Agnes, encantada pelo raciocínio e clareza das explicações de Günter, combinou de se casar com ele, apesar da pouca idade. Günter, estimulado pelo irmão, não teve dúvida em pedir a mão de Agnes, Charlotte não aceitou a união.

Os dois se uniram e foram viver próximo a Berlim. A vida era dura, mas o amor superava. Souberam por um telegrama que o irmão, Josef, também havia se casado com Constance e migrado para o Brasil, em 1885.

A mãe das irmãs, Charlotte, já padecia por causa de um derrame e, ao saber que a filha mais nova não estava mais na Alemanha, entrou em coma. Agnes, condoída pela situação da mãe, resolveu voltar a *Freiburg*. Günter, para ajudar a esposa, aceitou a mudança de bom grado. Charlotte faleceu nos braços do genro.

Agnes e Günter tiveram um menino em 1893, de nome Peter. A família passou a viver com tranquilidade e alegria. O campo inundou de esperança e facilidades para a família. Peter crescia com coragem e muito trabalho. Ajudava os pais a plantar e colher.

Após a Primeira Guerra, Peter conheceu Fruma, filha de um judeu comerciante, que trabalhava na região vendendo móveis: era linda, cabelos castanhos anelados, boca bem desenhada, olhos quase amarelos e seios fartos. Peter, católico fervoroso, aos 26 anos, decidiu que Fruma, dez anos mais nova, seria a mulher da sua vida. Não faltaram empecilhos para que o casamento se consumasse. Ela continuaria judia e Peter prometeu que respeitaria o desejo religioso da esposa e dos filhos que viessem a ter.

Por volta de 1920, casaram-se numa cerimônia judaica, mas receberam uma benção do padre da igreja de seus avós. O filho nasceu sete anos depois. Peter, sabedor do que acontecia em seu país, a perseguição aos judeus, recorria a qualquer subterfúgio para resguardar a família. Inclusive começou a frequentar a igreja aos domingos com a esposa e filho. A esposa aceitou, mas, em casa, de janelas fechadas, continuou praticando sua fé e chamava carinhosamente o filho pelo nome de Benjamin, o filho da felicidade, até que a propriedade foi reivindicada pelas tropas nazistas perto de *Freiburg*. Fruma foi denunciada por um informante dos nazistas, levada e, em pouco tempo, foi mandada para os chuveiros, com milhares de outros prisioneiros judeus. Peter, com seus inúmeros conhecimentos, conseguiu levar o filho para morar e trabalhar na casa do coronel do campo. Foi um alívio para ele, mas sua recusa em denunciar os nomes dos parentes da esposa, foi a sua sentença de morte e, sem que o filho soubesse, foi morto com uma bala na cabeça por um agente do campo. A mesa, motivo de muita alegria em família, foi transformada em centro de apoio para as discussões e estratagemas dos campos de batalha.

O CASAL MORTO

O celular vibrava na mesa. Lentamente Sacha o atendeu.

– Pois não? É a Rose? Conseguiu o que pedi?

– Tudo certo, estou tendo retorno. Depois nos falamos. É importante que me ouça com atenção, um policial vai chegar à sua casa antes das sete da noite. Querem fazer algumas perguntas sobre o casal que apareceu envenenado. Um motorista de táxi telefonou, dizendo que os reconheceu pelo estilo de roupa, cabelo da mulher e a magreza do homem – usavam a mesma roupa preta no dia em que os deixou no antiquário. Mesmo que negue, é uma prova irrefutável de que eles estiveram aí.

– Muitos clientes entram no antiquário, não lembro de todos eles.

– Melhor estar preparado, puxaram o passado dos dois. Descobriram que eram parentes do comandante do campo onde você ficou e seus pais foram mortos.

– Obrigado, Rose, por me avisar.

RALF

Sacha, no ímpeto por identificar o que seria justo, diante das forças e da conformidade da razão, quando se viu protegido por seus amigos, aos poucos, foi trazendo do campo vários objetos classificados com nomes e datas de nascimento e morte dos prisioneiros que encontrara no armário do escritório do coronel.

Sua meta por anos foi procurar parentes ou sobreviventes do holocausto e, mais tarde, contou com a ajuda da Associação de Filhos e Filhas de Deportados e, a cada um deles, enviava uma caixa sem remetente, com uma carta, dizendo que jamais tivessem vergonha do que tinham sido um dia, e uma passagem da Bíblia, Isaías 11:1 "Um renovo sairá do tronco de Jessé e um rebento brotará de suas raízes. Sobre ele, repousará o Espírito do Senhor, Espírito da sabedoria e de entendimento, Espírito de prudência e de coragem, Espírito de temor ao Senhor". Colocava a data do objeto encontrado e onde teria sido achado. O nome, escrito da mesma forma que na etiqueta, uma cópia da capa da Torá, a data do *Pessach* comemorativo do dia em que fugiram do Egito, uma flor branca desidratada, um galho de oliveira, e as sete velas símbolo da bandeira do Estado de Israel e do povo judeu. A cada caixa enviada, mandava celebrar uma missa em homenagem ao pai. Agradecia fervorosamente às duas doutrinas. Sentava-se ao piano e tocava a marcha de Resistência Francesa.

No dia em que entrou em seu camarim e se viu diante de Marlene nua, com um copo de vinho na mão, esperando por ele, descobriu quantos lados existiam em sua personalidade. Não se sentiu admoestado, atirou-se em seus braços num sexo sem limites, como se isso livrasse seu corpo das marcas dos seus antigos afetos. Viveram bem até o momento em que Marlene abortou. Ela ficou grávida e não queria a criança, chegando ao hospital com hemorragia. Sacha só veio a se recuperar meses depois, entregando-se a afirmações que revirava em sua cabeça, a promessas verbais que marcavam seu peito, e às venais que exprimiam seus delitos e aspergiam atrocidades em seu espírito. Mas a voz altiva e cheia de simpatias afugentou seus ciclones e o fez aceitar o pedido do diretor para continuar interpretando Marlene Dietrich, cantando *Lili Marleen*. Esse personagem lhe deu outra vida. Fez tanto sucesso que não tirou mais o nome de *Menino Marlene* do cartaz. Sob a sombra do que vivera, seu passado voltou com fúria, e passou a descer até o rio Sena e a encontrar rapazes para se entregar com prazer a inúmeros deles.

O tempo foi impiedoso, a voz morreu para bebida, o batom usado com exagero, os cabelos, outrora louros, haviam sido tingidos de preto e encaracolados, o que lhe rendeu um ar de velha senhora de vida fácil. Passou novamente a dormir em abrigos e a cantar por uma moeda. Da mesma forma que o tempo cruel ajuda a secar as feridas, faz estragos no espelho das cicatrizes. Já quando não podia mais sobreviver a tantas ausências, humilhações e degradações, foi salvo. Ouviu num bar os comentários sobre o caçador de nazistas. Cerimoniosamente pediu que, se fosse possível, gostaria de ler o jornal inglês *The Sun*. A notícia vinha estampada na primeira página, "Laszlo Csatary foi detido, ao amanhecer, na capital húngara".

O chefe da polícia do gueto Kosice vivia tranquilamente, com 97 anos. Os dados do criminoso teriam sido mandados pelo *Centro Simon Wiesenthal*, baseado em Jerusalém.

Não precisou acabar o artigo, voltou à Alemanha de bicicleta, que havia pegado emprestada do diretor, ainda seu amigo. Decidido mais uma vez a mudar de vida, pegou parte do dinheiro que tinha escondido e decidiu ir para Jerusalém em busca do *Centro Simon Wiesenthal*. Colocou-se a favor das buscas e trabalhos e se envolveu em encontrar os algozes. Ao voltar a Berlim e reviver os tempos em que ainda podia sentir os tanques e as tropas marchando pelas ruas, entendeu que não conseguiria mais viver ali. Voltou a *Freiburg* e aos campos do que um dia tinham sido seu lar. Como uma bússola, seus ponteiros rumaram para o lugar onde seu pai e sua mãe viveram seus últimos dias de paz. Encontrou a casa reformada e pintada, diferente do que conhecera. Chamava atenção pela elegância, pelas janelas escuras simetricamente dispostas e pelas pedras colocadas até metade da parede. O telhado, outrora perfeito, tornara-se um remendo, com telhas de cores diversas. Passou pelo jardim, no qual vivera momentos mágicos, contemplou a estrutura e a imponência da casa, sentou-se à porta e chorou lágrimas de perdão, de desafeto e de alegria por ter a chance de estar ali novamente. Quando a porta se abriu, um homem encurvado, que não parecia velho, apesar do cabelo cinza e dos olhos azuis cheios de vida, perguntou:

– Por que está chorando? Conhece essa casa?

Sacha havia cortado o cabelo, tantos fios brancos, o semblante castigado, a barriga crescida e constantemente suava, exalando um cheiro acre de desleixo. As enormes costeletas já eram densas, e a barba cerrada, aparada de qualquer jeito. Sentado na soleira, virou-se e, com a voz contida, confessou ser a casa onde seus pais viveram.

– Entre, vou servir um chá.

A casa não era mais a mesma de suas lembranças, porém os sons ainda pareciam com os da memória: o passarinho cantando na janela, o velho assoalho que rangia, a porta que batia ao vento, o travejamento do telhado da sala. Os ambientes haviam sido modificados e cheiravam à tinta fresca, pintados de cinza bem claro. Eram poucos os móveis, mas havia inúmeras cadeiras, muito maltratadas, aprumadas perto da janela. Um sofá velho que, por segundos, lembrou o sofá onde brincava de pular com seu irmão. Bem à vista, colocada perto de uma parede, viu a mesa da lembrança, imponente, cheia de entalhes. Estava fechada e as tábuas que a faziam crescer pareciam não mais existir. Como o senhor tinha saído para fazer o chá, levantou, passou a mão e cheirou a madeira na esperança de que a memória voltasse e ele pudesse sentir o aroma de lenha queimada que vinha da lareira, mas não era mais a mesma.

– Conhece essa mesa? – Falou o senhor com o chá já servido numa xícara florida.

– Conheço, pertenceu ao meu avô.

– É sua, estou lhe dando de presente. Sobre ela os americanos promulgaram, conceberam e executaram ordens de redenção.

– Não posso aceitar.

– Pode sim, sei o quanto sua família perdeu.

– O senhor sabe sobre a minha história?

– Fui soldado na guerra, era um menino quando participei, devia ter 13 anos e só ao final da guerra fiquei sabendo o que tinham feito. Morávamos aqui perto, meus amigos de escola morreram com a minha família num bombardeio. Fui salvo, porque me escondi no porão. A nossa casa ficou cheia de furos de metralhadora, fui eu que levantei a bandeira branca para os ingleses. Desde esse dia, moro aqui, reconstruí a casa aos poucos com o dinheiro que achei no pé da mesa. Ela foi jogada num dos cantos da sala e um dos pés tinha saído. Curioso, quis consertar e foi quando encontrei uma certa quantia de marcos datados, desde 1860. Fiquei animado, mas entendi que não me pertenciam, pertenciam à casa, que poderia me abrigar até o final dos meus tempos.

– Podemos fazer um trato?

– Com certeza! – respondeu o homem, vestido de camisa branca alvejada, com as marcas do pano torcido, calça bege bastante larga com os bolsos puídos, e um cinto que dava a volta na magreza de seu corpo.

– Primeiro gostaria de tomar um banho, comer alguma coisa, qualquer coisa, e depois dormir. Seria pedir demais?

– De forma nenhuma, vamos à cozinha, tenho um pão fresco que acabei de fazer e uns ovos do galinheiro.

– Não poderia ser melhor.

– As propriedades não nos pertencem, elas têm vida própria. Por mais que estejam destruídas, sempre haverá alguém para colocá-las novamente de pé. Essa casa não me pertence, mas tenho cuidado dela como se fosse um parente. Espero não estar ofendendo.

– De forma alguma! Só posso agradecer.

– Não precisa me agradecer, agradeça aos seus entes queridos.

– Já perdi a conta de quantas vezes rezei por eles!

– A guerra destrói, mas reconstrói. Espero que a memória de uma guerra jamais se apague. A minha família não tinha nada, foi fácil me reinventar. Esta casa foi como se estivéssemos novamente num lar. Tenho uma esposa e uma filha pequena, que estão colhendo cogumelos no campo. Conheci minha esposa num abrigo. Logo nos apaixonamos. Eu era um menino, mas aquela pequena me fez ser mais forte, nós dois juntos sobrevivemos. Deixamos nossas marcas de lado e escolhemos viver como podíamos. Tem sido assim desde o final da guerra.

– Desculpe, mas não sei o seu nome?

– Ralf é o meu nome, em homenagem a um velho amigo do meu pai. Minha esposa se chama Jéssica e, à minha filha, demos o nome de Constance.

Entraram onde antes era a cozinha. A chaminé ainda era a parte principal do lugar, com um fogão velho a lenha e algumas panelas de ferro penduradas na parede perto do fogão. O fogo foi atiçado com um fole. Ralf pegou uma pequena caçarola, quebrou dois ovos e mexeu com vigor, pôs sal e uma pitada de pimenta. Colocou a panela sobre a mesa e indicou que Sacha pegasse um prato e se sentasse. Ralf espetou um pedaço do pão fresco com um garfo e o cortou, colocando-o ao lado do prato.

– Gostaria de um copo de vinho? Encontramos um grande estoque guardado no porão da casa, assim como o sal e a pimenta. – Aceitei como um gesto de boas-vindas ao novo lar, e, desde então, temos nos dado o prazer e o consentimento de apreciar um bom vinho. Não tinha como recusar. Num copo todo bicado esticou o braço com um sorriso. Aceitei com satisfação – no rótulo, *Château Latour*.

– Seus ovos estão ótimos, e o vinho também. Obrigado. O senhor teria alguma cama, onde eu pudesse dormir por algumas horas?

– Eu lhe mostro o quarto.

Subiram com os degraus em atrito, ao olhar o corredor recém-pintado de cinza, as lágrimas brotaram, mas rapidamente foram engolidas por um enorme nó na garganta. Atravessaram a porta daquele que tinha sido o quarto onde Sacha dormia na casa, onde tinham sido imensamente felizes. Ainda conseguia ouvir as gargalhadas e a sinfonia das histórias da avó e a concordância dos versos românticos, que pareciam ter sobrevivido aos cenários de horror.

– Ali. – Ralf apontou para a cama em que Sacha inúmeras vezes tinha dormido. – Pode ficar aqui, é o único quarto que temos.

Sacha não disse uma palavra, deitou-se na cama e dormiu. Acordou no dia seguinte com o galo cantando. Assustado, não lembrava onde estava, e seu corpo não mais doía. Não era possível. Num estalar de dedos entendeu onde estava e, com uma onda de esperança, pensou que poderia ter sua vida de volta. Andou ao redor da casa, esquadrinhando seu passado, e voltou decidido. A essa altura, a esposa de Ralf estava na cozinha aprontando a refeição da manhã. A menina Constance se assustou assim que ele entrou. Ralf se dirigiu à filha e, com carinho, falou que Sacha era um amigo muito antigo e que ela não precisava temer. Constance abraçou o pai, escondendo a carinha no pescoço dele. Ralf sentou-se na cadeira indicada por Jéssica e esperou.

– Você é judeu? – Sacha estranhou a pergunta, mas, com educação, respondeu que seu pai era católico e sua mãe judia, que, mesmo com todo esforço do pai e dos amigos, eles não conseguiram se salvar. O mesmo nó na garganta que sentira ao ver a casa havia voltado em segundos. Levantou-se, foi até a pia e lavou a cara. Pediu desculpas pelo gesto inesperado.

Jéssica desandou a falar:

– Também sou judia, sobrevivi a uma fuga. Eu era muito menina, meus pais tinham escapado para a floresta assim que souberam das prisões dos judeus. Vivemos por muito tempo nos escondendo e comendo raízes ou o que achávamos – meu pai era um bom caçador. Foi logo que os americanos entraram na guerra. Houve um confronto entre alemães e americanos. Ao fugir, dei de cara com um jovem soldado americano bastante nervoso, que me puxou pelo braço e me escondeu. Relutei – foi quando ele levou uma saraivada de tiros, conseguiu jogar meu corpo numa moita e morreu ao meu lado. Entendi ele falar "Jéssica, jamais se esqueça de quanto eu te amo". Suspirou e morreu, fiquei ali parada sem me mexer. A moita era grande e só depois de investigar se havia mais soldados americanos é que os alemães foram embora. Percebi que a mão do soldado prendia a minha mão. Custei a soltar a mão dele, tremia apavorada com a expectativa de encontrar algum alemão retardatário, e, no irrefreável desejo de me livrar daquela amarra, notei que ele usava uma pulseira de prata. Levantei o braço do soldado e pude ver escrito o nome de Jéssica – foi assim que mudei o meu nome. Meus pais e irmãos morreram naquele ataque, nunca soube o nome do soldado que me ajudou, rezo por ele todos os dias, sinto que tenho um papel a cumprir. Passei muitas noites sozinha na floresta, ouvia uivos e tiros, endureci minha pele, sobrevivi. Consegui chegar a um acampamento dos aliados. Trabalhei, ajudando no preparo da comida e limpando as roupas de sangue dos feridos. Por fim, me mandaram para um abrigo, onde conheci o Ralf e nos apaixonamos.

Sacha escutou o relato com interesse – seria ela uma aliada em sua decisão? Ali sentados, ouviram as histórias de suas vidas e, como numa aluvião, foram fundo nas memórias, descobrindo inúmeros sentimentos numa confusão de ventos gelados, varrendo com precisão folhas caídas de decepção e angústia, numa catarse com todos os acentos e pérfidas vírgulas. Ao final, tinham algo em comum e, por afinidade, se adotaram. Como semelhantes, olharam-se em sinal de agradecimento e pertencimento.

Passaram-se alguns dias antes que Sacha resolvesse contar seus planos. Antes de partir, começou por comprar a mesa que havia sido da sua família. Acertou com Ralf que ele poderia morar na casa por toda vida deles e da filha. Seria uma promessa inquebrantável, desde que ele mantivesse os arquivos de todos os judeus que haviam morrido no campo em que ele estivera. Construiria um quarto forte onde colocaria os seus pertences mais valiosos. Fez com que Ralf jurasse que jamais abriria esse quarto, nem trairia sua confiança, e avisou que um dia poderia precisar dele, mas torcia para que esse dia jamais chegasse. Sacha passou a morar na casa para dar seguimento aos seus propósitos. Juntos projetaram o quarto forte e, com algum esforço, pegaram restos de ferro e destroços no campo e soldaram como puderam. O quarto não era grande, mas era espaçoso o suficiente. Aos poucos, Sacha foi levando o que escondera na caverna, armazenando e cadastrando.

Tornaram-se tão amigos que descobriram muitas coisas em comum. Seus parentes se conheciam, o que estreitou mais os laços de amizade entre eles. Tudo aquilo não seria o bastante, ele precisava de um plano para colocar em prática o que se propusera a fazer pelos irmãos judeus. Por muitos dias, vagou pelas ruas arrasadas de *Freiburg*, perto de *Stuttgart*, e passeou pela Floresta Negra, pensando nas histórias contadas por seus pais sobre a linda cidade medieval que pertenceu à Casa dos Habsburgos e a Napoleão Bonaparte, que havia transferido a cidade ao Grão-Ducado de Baden até ser requisitada pela Alemanha Nazista.

Sacha tinha o suficiente para manter sua vida por muitos anos. Seu plano era comprar um antiquário para legitimar seus propósitos, mas, para tudo dar certo, seria necessária uma cidade cosmopolita, e Berlim, por mais que seus sentimentos lhe causassem aversão, era ideal para seu novo lar. Partiu, deixando o que acumulara aos cuidados de Ralf e com a certeza de que ali se formou um vínculo inquebrantável. Ouviu conselhos de corretores e de novos amigos que fez desde que passou a morar numa pequena pensão. Depois de inúmeras visitas aos mais variados lugares, decidiu por uma casa na *Bergmannstrasse*. Fechou o contrato, pediu autorização para fazer algumas modificações – tornar o lugar confortável seria fundamental para ter tranquilidade e segurança – e, após alguns meses, mudou-se para o antiquário já reformado e decorado. A primeira coisa trazida do campo foi a mesa, depois os quadros e gravuras, que arrumou como se fossem parte de vidas passadas. Simétrica e cronologicamente, foi rompendo as barreiras da razão para vivenciar em cada uma delas sua memória de transcendência apagada pelo sofrimento. Quem as olhasse teria a impressão de estarem ali por mero acaso, mas a intencionalidade era acolhedora. Era seu rumo e seu exemplo. Os outros objetos, como os abajures, mobílias e tudo o mais que se encontrava jogado no sótão e no porão da casa foram trazidos de volta à vida: a cabeça de cervo, a pele de tigre, o dente de elefante, uma enorme pele de crocodilo, rasgada encontrada dentro de um baú velho, lustres, porcelanas, colocou-os como eram arrumados na casa de seus pais. A partir daí, começou a arrematar em leilões pequenas peças para chamar a atenção de compradores. O início foi como o soprar da brisa, mas, aos poucos, foi se firmando com determinação para se tornar um bom e reconhecido antiquário.

Seu trabalho de formiga foi abrindo horizontes. Durante esse período, viveu a Guerra Fria, participou da queda do Muro de Berlim, viu muitos nazistas serem presos, e a perseguição que não esmorecia o enchia de satisfação.

Contudo, a sensação de insegurança o rondava, e ele duvidava de tudo e de todos. Tornou-se um elo entre muitos judeus, conheceu gente de todo calibre, desde nobres, soldados de alta patente, marceneiros e verdureiros. Todos eram seus amigos.

Um dia como qualquer outro, entrou um dos rapazes, com quem ele havia tido certo relacionamento. Seu passado o espreitava, mas rogava a Deus que não fosse reconhecido – foi uma época terrível. Vendia seu corpo por um pouco de cocaína, sintetizada desde 1859, por Albert Niemann, e amplamente usada por Freud para curar pacientes de depressão e impotência sexual. Foi um período negro, a droga abria sua boca e desencantava suas palavras, e, numa verborragia lamentável, ia contando o que se tornara por causa de um coronel do campo de concentração. Sem se dar conta dos segredos contados, começou a sofrer chantagem, pois sabiam da sua imensa fortuna, inclusive sobre o ovo *Fabergé*, que Sacha escondeu no campo. Acabou por descobrir que aquele rapaz havia vendido sua história para um grupo de neonazistas. A partir daí, Sacha passou a viver sob vigilância. Tentaram assaltar o antiquário diversas vezes, mas o sistema de alarme era sofisticado. E o casal o intimidava pessoalmente. Apareciam periodicamente em seu escritório, e compreendeu que não teria outra opção, senão a de chamar um grupo especial que conhecia, deu as coordenadas, e pediu que mandasse os dois para onde quer que fosse para que não mais o atormentassem.

Jamais teria como se declarar um criminoso. Seus amigos resolveram a questão. De posse da chave do antiquário, e, enquanto Sacha dormia, o casal foi levado para um lugar afastado. Sacha só ficou sabendo que haviam se matado com veneno de rato pelos jornais. Leu a carta deixada junto aos corpos. Foram esses mesmos amigos que avisaram a polícia. Semanas depois veio à tona pelos jornais que o casal era procurado por seu envolvimento com grupos de extrema direita que incitavam a morte de judeus.

O RETORNO

Sacha se preparava para sair, as luzes já tinham sido apagadas quando ouviu uma sirene. Escondeu-se no quarto secreto onde Rute havia estado. Ouviu a sineta da porta tocar várias vezes. Manteve-se em silêncio, rezando para que Rute não aparecesse. Quebraram os vidros para entrar, lembranças eclodiram como a da Noite dos Cristais, em que as janelas das casas dos judeus foram vandalizadas e as perseguições se iniciaram. O alarme foi novamente acionado e correram antes que a polícia chegasse. Sentiu-se como fugitivo, entendeu que seu tempo em Berlim findava, assim como acabam os relacionamentos. Mais uma etapa viria e ele, como já pressentia, se preparava para grandes mudanças. Havia anos que ele estudava a Torá todos os dias antes de dormir. As palavras se revelavam em sua alma – conhecidas desde a infância, agora faziam sentido não pela lógica ou pela fé, mas pela sabedoria que entranhava na mente. Revelou-se como bom, aceitou que sempre fora um judeu – sua mãe tinha feito um bom trabalho. Aceitou seu sofrimento como parte de um grupo, ainda não conseguira perdoar a crueldade contra seu povo, mas entendeu sobre o pertencimento, ser parte de um todo, ser fiel a um ideal, a uma fé que sofria perseguições há milênios. Difícil era negar essa fé – muitos o haviam feito, como sua mãe, para se salvar. Aos poucos, apaziguava seu coração, anos haviam se passado, e segurar as tristezas era pesado demais. O ponto de partida foi estudar numa instituição rabínica para conseguir o *Semichá* e poder se ordenar como rabino. Decidiu frequentar a sinagoga de *Rykestrasse*, que ficava a dez minutos de táxi. Ser aceito tornou-se provocador, mas ele não poderia mentir sobre sua vida. A memória prodigiosa não tinha morrido ou sido esquecida – aliviado seria a palavra certa para definir o imponderável. Percebia que, a cada resposta que dava, despertava um certo apreço e julgamento por parte de outros rapazes jovens recém-ingressados nos estudos. O rabino Avner o acolhia com palavras bem colocadas. Sacha seguia, sabendo que teria de decidir à frente. Rute e as suas histórias de vida haviam feito um verdadeiro rebuliço em suas crenças.

A SIRENE

Itkul desligou a televisão depois do término do futebol. Abriu a janela e se debruçou, apesar do ar gelado. Ficou um bom tempo olhando o horizonte, observando as árvores, os carros, a lua e as estrelas. O ar parecia parado, e sua respiração era intensa.

Sentiu seus pés agarrados ao chão e sua mente livre, tinha consciência do espaço que ocupava, parecia que a alma se afigurava como presença física e que injetava palavras em sua mente adormecida. Antes de tudo se tornar irreversível, como mágica, sua cabeça foi se abrindo e reconhecendo o que havia ficado no passado e mudado de cor.

Talvez sentisse as mesmas tristezas que Roberta usava para se reinventar ou deixá-las guardadas em algum lugar do passado para que não fossem mais acessadas ou provocadas pela vida.

Desde que chegou a Berlim, não tinha parado para refletir, agia por impulso, apontando quem ele era ou o que estaria fazendo com sua vida, já que viera à Europa para lutar por seus ideais. Os obstáculos, talvez a sorte, ou o destino o empurraram para uma vida que não experimentaria jamais onde nascera e que, a princípio, não deveriam ser empecilhos ao que se propusera. A fome, que freneticamente incitava ao ódio e o fazia descer aos subterrâneos do medo e da revolta, não mais o assustava, nem mesmo o futuro da desesperança. Agora o sol reverberava nas águas dos rios cheios de vida, e seus raios cegavam com a luz intensa. Ele sentia que mergulhando fundo, conseguiria subir e tomar fôlego para não morrer afogado.

Lamentou perder a cultura que o seduzia, o conforto e a paz que encontrara ao lado de Roberta e sua pequena família. Sintetizou simplesmente que na paz não há caminho que se encerre ou que leve à morte. Essa certeza que outrora o havia feito escolher morrer pelo que acreditava e levar consigo outros tantos jovens. Uma cartilha que podia decidir por ele, sobre a vida ou a morte num mundo em que nascemos para ser felizes não era o certo. Andar sem denúncias, sem regras aos pensamentos, sem poder experimentar o prazer, só o ódio e o terror das revoltas.

A vida era livre para se nascer e morrer não pela escolha alheia, mas por escolha de Deus, do profeta. Nascer pobre, lutar pela comida, como as formigas que trabalham na escuridão desse mundo de cegos, ou como amebas, vermes, pragas que trabalham para um mesmo ecossistema, mantendo suas regras e autarquias. Qual a verdade que rege esse cosmo? Como num todo, somos vísceras, o sangue e o alimento de Deus? Esse ser transcendental, que pulsa nos empurrando mais e mais para sua grandeza, para seu enorme coração? Queria chegar a esse estágio de viver na luz do seu amor, seguindo por passagens e estradas, sem ego, um mesmo e latente ser, que pulsa em toda dimensão, ou um ser que só recebe as migalhas do mundo? Queria ser a chuva e o sol, e ser alimentado pelo leite da ovelha para que tudo se completasse, tornando-se um só.

A sensação de perder Roberta o acordou. Conscientizou-se de que aquilo era como um sonho, seu mundo não era e jamais seria aquele. Sentia-se seguro com seus amigos religiosos – eram como um refúgio. Olhou para baixo, ouviu ao longe as sirenes se aproximando. Seus fantasmas eram incapacitantes – banido socialmente e pela família, mas, em seu grupo, respeitado, era o que importava. As sirenes acercaram-se. Seria preso! Era tarde da noite e todos dormiam.

O AMOR

Sacha sabia o que esperar da vida, mas essa vida agora o estimulava. Descobriu ser possível amar alguém, sem sofrer pelo medo ou pela dúvida. Decidido, telefonou para Rose e contou alguns planos em relação à Roberta e família.

– Sacha, você me surpreende. Será que vai dar certo?

– Não se preocupe, tudo já foi resolvido e discutido. Tem uma coisa que preciso que saiba: Roberta tem vindo aqui em segredo. Nós nos tornamos amigos, não estranhe; ela é uma moça inteligente e sabe o que quer. No tempo certo vai saber.

– Não posso esperar. Como advogada, saiba que nossos prazos estão se esgotando. Rute contou o que vem acontecendo?

– Sei de tudo, porém ela não sabe sobre a Roberta! Decidimos que seria melhor o tio pensar que Rute continua tentando levar os netos para o Brasil.

– Ela contou que o marido brasileiro foi para o Canadá para esperar por ela e pelos netos?

– Não tocamos nesse assunto, mas sei que ela não consegue dormir quando pensa em sua família. Sobre o neto Malik, achei por bem contar a ela.

– Tentamos de tudo, mas o menino é irredutível quanto a voltar a morar com a mãe e o padrasto.

– Talvez ele aceitasse morar com o tio e o pai.

– Não posso opinar, não seria ético da minha parte.

– Descobriu sobre os meus parentes no Brasil?

– Não foi difícil, a família é grande, moram em Brasília, em Campinas e no Rio de Janeiro. Não são políticos, como a princípio imaginei, mexem com construção e ensino médio. Logo teremos mais informação.

– Seria interessante, por favor, me avisar quando tiver notícias.

– Neste momento não levantei nada sobre esse assunto, temo que possa despertar outras suspeitas. Continuamos com o plano? Roberta vai aceitar a minha proposta?

– Infelizmente, Rose, não sei, ela parece que não decidiu.

– Temos até o final de sexta-feira para estar tudo decidido. O juiz vai homologar a sentença e certamente o pai vai ganhar a causa – o depoimento do Malik foi muito importante.

– Crianças falam e se arrependem, às vezes, mudam a versão dos fatos. A única coisa certa é que a Justiça do Menor e do Adolescente acata o pedido da criança como soberano, e Malik já tem idade para fazer a escolha. Estou tranquilo que será protegido pelo Estado. Se está feliz nessa nova família, vai conseguir ficar com eles.

– Quanto a isso, também fico tranquila.

– Mais uma pergunta: vocês já investigaram de onde vem o dinheiro do tio?

– Tudo o que ele apresentou me parece legal. Ele é importador e exportador de alimentos, com uma firma pequena, mas parece estar tudo certo com eles. Sabe de alguma coisa?

– Não! Só perguntei para saber.

– Tudo certo. Então, hoje é quarta-feira, temos até sexta. Abraço e nos falamos.

Sacha desligou e telefonou para Ralf, em *Freiburg*.

– Boa tarde, Ralf, telefonei para avisar que temos até sexta-feira, mas vou precisar do seu táxi na quinta, você consegue? Descobriram mais sobre o tio das crianças?

– Já estamos em campo, descobrimos que ele faz contrabando de armas. Negócio pequeno, porém rentável e arriscado. Já marcamos uma visita.

– Então, estamos perto de conseguir. Agradeça à sua filha, Constance, e ao marido dela por tomarem conta da pequena Celi. Nosso combinado deu certo até agora. Roberta parece menos resistente. Já falei com meus amigos policiais, Itkul fugiu assim que percebeu a chegada da polícia. Conseguiu esconder-se na casa de amigos. Roberta estava dormindo, tinha tomado um calmante forte, Celi tinha ido dormir na casa da avó. Itkul deixou um bilhete para ela, dizendo que tinha ido rezar, soube hoje cedo. Não falei que a polícia tinha estado na casa dela para prendê-lo, fiquei com medo da reação que ela pudesse ter. Estamos no caminho certo. Seu genro já tem os papéis? As passagens estão compradas, viajamos no próprio sábado.

– Parece que os documentos chegam na quarta ao final da tarde – ele está otimista, vai dar certo.

– Beijo na Jéssica – apesar de longe, jamais poderia ter feito tudo o que fiz sem o apoio de vocês! Serei eternamente grato.

Ralf viveu toda uma vida na casa de *Freiburg*, com Jéssica e a filha. Desde que Sacha comprou o antiquário, Ralf se tornou seu grande amigo. Sacha foi padrinho de casamento de Constance, e seus laços eram indissolúveis.

Não havia raios ou trovões que os fizessem discordar. Nutriam carinho de irmãos. Como não podia deixar de ser, Ralf seguia sendo seu mentor, detetive e qualquer outra coisa que Sacha solicitasse, só não estaria disponível para pôr fim à vida de alguém.

* * * * *

Itkul, ao ouvir a sirene da polícia, saiu pelas escadas em disparada, entrou num apartamento vazio e telefonou para seu amigo Ibrahim. Sabia o que fazer e, ao amanhecer, já estava foragido.

– Não vou ficar escondido para sempre, estou de posse das passagens e documentos para a partida. Em breve, estarei com minha família e nada vai mudar isso. Roberta me prometeu que deixaria Celi com a mãe e que teria uma vida nova comigo. Assinou uma carta, dando a guarda do filho para o marido e tio. Malik é um estorvo, ainda bem que a justiça aceitou seu pedido de morar com outra família. As malas estão prontas aqui. Vou sair e deixar a porta aberta.

– Parece que tudo já foi acertado. O único problema é a mãe da Roberta se dar conta de que a filha vai embora de vez da Alemanha.

– Não são tão óbvias as atitudes da Roberta – as duas não se entendem.

– Se você diz, seguimos em frente. Que dia conseguiu marcar a viagem?

– Sábado.

– Vai ficar escondido na casa do Mustafá? É melhor que fique – ele não tem família e mora afastado. Sabe onde me achar. *Salam Aleikum.*

Itkul não tinha certeza de nada que contara para o amigo, a única coisa certa era que possuía as passagens e os documentos para partir, ciente de que só existia uma maneira de obrigar Roberta a ir com ele. Pegou as tintas que tinha comprado num bazar próximo e começou a descolorir a barba até que ficasse branca, raspou a cabeça e escureceu as sobrancelhas arruivadas. Julgou precipitado o que tinha feito, e não poderia voltar para casa. Telefonou para Ibrahim.

– Amanhã, quando Roberta sair da escola da filha, mande seus homens buscá-la, podemos dar um sedativo até sexta-feira, depois vamos de carro para Paris, nos esconemos e lá estaremos protegidos. Nosso barco parte de *Le Havre* no domingo de manhã. Quando perceber, ela já estará ao meu lado, e Celi ficará com a avó. O tio das crianças vai me agradecer.

O PERDÃO

Villaforte contou a verdade sobre aquela viagem inesperada. Explicou por que aceitara e admoestou que perdoar era sua grande qualidade.

– Você vai mesmo aceitar ela de volta? – Perguntou Mariana.

– Sua mãe errou em não me contar sobre sua vida antes de nos casarmos. Também sou culpado, nunca perguntei e sempre disse que não me importava com o que tinha acontecido antes. Entendi a duras penas o quanto me importo e muito com a vida dela. Ela tem passado por momentos terríveis, e não guardo rancor – todos nós, de uma certa forma, escondemos sentimentos sobre coisas das quais não nos orgulhamos de ter feito.

– Pai, você vai nos contar? – Perguntou Mariana, sem reconhecer a mudança de comportamento do pai.

– Vou deixar para ela contar quando chegar. Vem com a filha Roberta, a neta Celi, de quatro anos, e a bebê, chamada Astana.

– Mas, papai, não precisávamos ter trazido tanta roupa, a netinha da mamãe pelo visto é pequena, e minhas roupas vão ficar enormes para ela!

– A questão não é essa, decidi perdoar Rute e gostaria que vocês também a perdoassem. Será que conseguem?

Falou com carinho para os filhos:

– Esse tempo em que esteve longe marcou o coração dos dois, mas imploro que aceitem como uma prova de amor o que sua mãe fez. Acima de tudo, tenho certeza de que ela ama os dois acima de qualquer outra coisa no mundo. Sei pela Rose que ela fez amizade com um antiquário judeu, que se tornou seu grande amigo. Rute tem uma história de vida muito triste e difícil, mas um coração enorme. Por favor, aceitem de peito aberto seu retorno. Estou pedindo como pai e amigo.

– É bem complicado esse pedido – falou Mariana.

– Para mim, vai ser fácil, estou com muita saudade da minha mãe e não quero mais sofrer *bullying* na escola por ser gago!

– Então, estamos acertados. Nada de cara feia.

– Parece que outro pai entrou no seu corpo! Desde quando nos dá tanta explicação? Não que esteja achando ruim, só estranhando.

Ouviram um cachorro latindo, pensaram que se tratava de Buck. Mariana se levantou e foi até a porta. Viu um cachorro se embrenhando na moita perto da casa. Poderia ser Buck, mas poderia ser qualquer outro cachorro.

– Era um cão qualquer, entrou na cerca. Já foi embora.

Greg tinha ouvido tudo, mas Buck tinha se assustado com um coelho, ainda bem que saiu correndo para entrar na moita. Não teria como explicar o inexplicável. Pegou o carro estacionado ao lado da entrada do parque, colocou a bicicleta no reboque e se afastou. Telefonou para Berlim. As instruções foram que ele voltasse, não antes de se despedir com uma desculpa qualquer. Seria interessante que o relacionamento com os Villaforte continuasse.

Aceitou o convite para o jantar. Mariana havia preparado uma massa ao sugo com *bacon*. A conversa foi agradável e o professor parecia bem animado, servindo cerveja bem gelada.

– Ontem começamos a pensar em nossa volta.

– Já comprou as passagens? – Perguntou Greg.

– Viemos com a passagem de volta comprada. Meu contrato acaba na sexta-feira – falou lacônico.

– Então, partem no sábado para o Rio de Janeiro?

– Sim.

– Greg, um pouco mais de massa? – Falou Mariana para ajudar o pai.

– Obrigado. Apesar da pouca idade você cozinha muito bem. Veja se não é uma coincidência: volto para Berlim no sábado à noite e provavelmente nos encontraremos no aeroporto. Posso verificar os voos e ver se viajaremos no mesmo horário? Ainda teremos tempo para estarmos juntos novamente. Podemos combinar o mesmo carro para Toronto?

– Aluguei um carro para vir até *Point Pelee* e preciso devolver. Não deve ser difícil arranjar condução para Toronto. Precisamos sair cedo, apesar do voo ser tarde, e nossa bagagem é bem volumosa. – Falou Villaforte mostrando-se cordial.

– Então, seria melhor um café no aeroporto. Bem, já é tarde. Amanhã acordo cedo, gosto de correr, e o Buck também acorda cedo. Obrigado pelo jantar. – Saiu sem olhar para trás. Mariana, bastante decepcionada, foi para o quarto, e Diogo seguiu a irmã.

– Quer dizer que minha irmã se tomou de amores por um rapaz que não conhece, por causa de um belo cachorro? Ainda bem que partimos no sábado, não daria certo mesmo.

– Cala a boca, Diogo, na sua idade eu também era uma criança, mas não sou mais!

– Saber que voltamos no sábado me deixou animado. Percebeu que papai pouco falou com o Greg e não foi capaz de contar que sairemos de avião particular.

– Greg não precisa saber de tudo, vai ser uma enorme confusão. E o amigo do papai pediu que fôssemos discretos. Ele mudou muito nesses dias. Viu como voltou a sorrir?

– Vi e achei normal, ele não vê a hora de a nossa mãe voltar.

– Será que a mamãe vai conseguir trazer a filha e as netas para o Brasil?

– Confiante, não tenho nenhuma outra palavra! Reparou que não estou gaguejando?

– Reparei. – Mariana não deu chance para Diogo se esquivar, pulou em cima do irmão para cobri-lo de beijos. Ela também ficou radiante, só não conseguia admitir.

MATERNIDADE

Rute acordou cedo e se deteve admirando o sono da neta. "Anjo" seria a palavra para descrever uma criança dormindo, talvez nem tanto – tinha uma energia inesperada durante a noite, parecia estar numa competição de tanto que se mexia na cama, e, por duas vezes, quase caiu sobre ela. Não saberia mais viver sem aqueles olhinhos claros e interrogativos, o sorriso e a mesma covinha da mãe, e desejou que esse momento não acabasse nunca mais. Amava aquela criança com toda força do seu ser, e Celi correspondia ao seu amor. Eram cinco da manhã e seus pensamentos voavam. Deveríamos nascer velhos, com todo o conhecimento e sabedoria. Seria mais fácil aceitar os desafios, uma concepção utópica e despropositada – o universo não ouve divagações e continua nos colocando diante de desafios para viver, sobreviver e ser gente. Por mais que tivesse evoluído em sabedoria, seu coração aguardava ser amado.

Villaforte sempre foi sua âncora e sua paz. Mesmo sem questionar, dava um rumo ao seu desabrochar. Como amar os filhos com uma cabeça anuviada por brigas, invejas e desafetos. A consciência que vinha com a maternidade era incrível e podia se perder dentro do rancor e dos maus tratos. Separar o quê? Separação de corpos, não de espíritos, com pensamentos que jamais serão enterrados em definitivo, a carne fica marcada pela mente, como o gado a ferro. O pensamento, por mais resolvido ou perdoado, volta, mesmo sem o senso prático, e parece guardado como segredo nas caixinhas da memória, abertas por qualquer faísca elétrica. E, mesmo assim, seguimos com as vestes de paixão, humor e aceitação. Se fosse possível escolher, o mundo poderia parar agora. Villaforte perdoando, os filhos aguardando sua volta cheios de entusiasmo, Celi e Sacha em seu lugar especial. Seria magnífico.

A vida não é feita de sonhos, mas de escolhas. Deus rasga os bilhetes dos sonhos, fazendo-nos capazes de talvez alcançar esses sonhos por mérito. Qual mérito? Tudo isso não passa de suposições, imaginação, lamentação e sonho. A felicidade um dia vai chegar? Celi resmungava.

– Que casa grande. Não vou. Quem é você? Não vou, não vou. – Celi teve um pesadelo e acordou soluçando.

– Querida, fique tranquila, estou aqui.

– Vovó, não me deixe sozinha. Não vou viajar com a minha mãe e o meu padrasto.

– Querida, ninguém vai te obrigar a fazer nada que não queira.

– Não é verdade, a moça loura falou e eu ouvi bem. Meu padrasto vai levar minha mãe e Astana com ele. Ele já tem as passagens.

– Pode não ser verdade, sua mãe teria falado.

– Ela não me falou nada. Sabe uma coisa, gostei da moça que ficou comigo quando fui viajar, ela era muito boa, e a casa era bem bonita, mas eu tinha muito sono. Comi chocolate e batata frita, você sabe que eu adoro batata frita.

– Eu sei, querida. Quando voltar da escola, podemos passar para comer batata frita.

– Mamãe disse que vem me pegar.

– É verdade, também vou estar na porta da escola para ver Astana e sua mãe.
– Já é hora de acordar?
– Sim, vou fazer o que você gosta de comer.
Celi pulou para abraçá-la.

ESCOLHAS

Eram cinco da manhã quando Sacha despertou sem fôlego. Sabia que não tinha mais volta, suas escolhas e seus planos iam de vento em popa. Colocou água para ferver, pegou a caneca, um prato que, segundo ele, era a louça do seu avô, deitou água quente sobre um saquinho de *earl grey* sabor lavanda. Não gostava de leite, tomou o primeiro gole com satisfação. Não saberia dizer quando poderia saborear novamente aquele chá. Pegou umas bolachas, passou geleia de framboesa, cortou uma grossa fatia de queijo de cabra. Rememorou os últimos acontecimentos: Rute já estava ciente de tudo, Roberta ainda em dúvida, mas as negociações haviam sido bem-sucedidas. Desde que Celi foi para *Freiburg* para ficar com Jéssica, Ralf, Constance e o marido, ele havia decidido. Apesar do sofrimento para Roberta, o plano tinha funcionado. Rose, cética quanto às decisões, acabou por se render e ele mesmo telefonou, pedindo que ela fosse até o antiquário depois da volta de Celi. Sacha falava cheio de enigmas. Como não havia tempo para estender toda aquela conversa, Rose acreditou que ele tinha decidido pelo melhor. Sacha telefonou para Roberta.

– Bom dia, querida, estamos de acordo? Preparada para o que iremos fazer? Vou mandar uma foto do novo visual do seu marido.

Sacha, com todo seu conhecimento, tinha pedido para seguirem Itkul – difícil tinha sido conseguir a foto, mas seu especialista conseguiu uma satisfatória, com ele entrando no prédio onde estava escondido, o que deu credibilidade aos argumentos de que tudo já tinha sido orquestrado para que ela fosse levada para *Semipalatinsk* com ele. A princípio, foi difícil fazer com que ela acreditasse, mas, ao ver as fotos, as dúvidas cessaram, e ela começou a ter certeza de que era premente sair da Alemanha com os filhos.

– Viu as fotos? – Perguntou Sacha.

– Sim, e fiquei em pânico, não imaginei que ele fosse um fanático.

– Por um tempo, a vida que levavam amainou os sentimentos em relação à fé religiosa, mas, com o Malik saindo de casa, a rejeição fez com que aflorassem os temores e as antigas dúvidas.

– Nunca pude imaginar.

– Não se apaga uma doutrinação tão rápido.

– Mas ele parecia ser outra pessoa. Soube muito bem me enganar – no que ele realmente acreditava? Nunca disse que sairia da Alemanha. O pior nisso tudo é a traição das palavras e sentimentos, jamais poderei perdoá-lo. Ele parecia um homem de boas intenções, dizia me amar acima de qualquer situação. Não sei o que pensar, estou desmoronada e não consigo acreditar que errei tanto em meu julgamento. – Era possível entender a decepção que encobria seu olhar meigo e generoso. – Sacha, você vai conseguir que Malik venha conosco? – A voz era baixa e lenta.

– Querida, sei que vai ser difícil ouvir o que vou dizer, mas a única forma de conseguir salvar você, Celi e Astana é deixando Malik.

– Mas ele odeia o tio e não conviveu o suficiente com o pai! Como me pede um absurdo desses?

– Precisamos decidir, e você sabe que seu filho já fez a escolha dele, nem o tio nem o pai sabem disso. Esse é o nosso maior trunfo! Desculpe, mas precisava ser decidido com rapidez, uma coisa que você não tem feito ultimamente. Era pegar ou deixar as coisas acontecerem, sem chance de voltar atrás. É bom que saiba que, a partir do momento que você pisa em solo muçulmano, não tem mais direito sobre seus filhos, fica sozinha e por conta própria. Sei que não gostaria de deixar suas filhas. Mais uma vez, desculpe se estou sendo duro, mas, a partir do dia que me telefonou, pedindo um conselho, o mundo se abriu para mim. Sua mãe tem um papel importante no meu coração e você também passou a ter... E, de seus filhos, não posso nem falar... – vocês se tornaram a minha família. Sei o quanto tudo isso tem abalado sua mãe. Ela mudou muito desde que chegou a Berlim, e você sabe disso.

– Não sei, não!

– Roberta, não adianta fugir daquilo que temos receio ou dúvida. É necessário enfrentar de peito aberto o que vem. Há provas por todos os lados. Escolhas erradas nos levam a caminhos, muitas vezes, sem volta. Gostaria de ter a certeza de que está me ouvindo com o coração. A mágoa danifica. O perdão dignifica. Querida menina, ouça esse velho, que já se reconstruiu inúmeras vezes, passou por uma guerra e perdeu tudo. Não deixe seus temores prejudicarem quem você é na realidade. Aceite a chance como um bem maior. Você é jovem e tem muito tempo pela frente para reconstruir sua vida.

– Ninguém nunca falou comigo assim. Você tem razão, pode continuar o seu plano. Mesmo não sabendo ao certo, vou confiar no meu instinto.

– É melhor que seja assim. Hoje é quinta, vá para casa e convide sua mãe para cuidar das crianças depois da escola. Na sexta, dê uma desculpa no trabalho e vá até a mesquita onde Itkul faz os estudos, mostre-se preocupada e conte para o Imam que ele não voltou na noite passada, e que já está com as malas prontas para viajar. Volte para casa de cabeça baixa e espere por sua mãe, diga a ela que ficou animada com a viagem. Ela também sabe de alguma coisa, mas não tem conhecimento de tudo. Antes do *Shabat*, todas vocês vão pegar um táxi que estará pronto na rua. Saiam alegres e rindo como se fossem jantar fora, dirijam-se ao *KaDeWe*, que fecha às nove da noite. Jantem no *Tapasbar*. Na saída, novamente haverá um táxi, levantem a mão e peguem o que parar. O motorista estará de chapéu xadrez preto e bege. Na volta devem entrar normalmente, indiquem a direção da casa – ele sabe o que fazer.

– Estou com medo, depois do que passei, tenho receio de ter ordem de prisão novamente.

– Não tenha receio, nada disso vai acontecer! O problema é que os amigos de Itkul estão de olho, e, por isso, ajam da forma mais à vontade possível. Se der, brigue com sua mãe, ela vai esperar por isso, diga que vai se encontrar com Itkul.

– Posso ter a garantia de que vai dar tudo certo? Estou arrasada pelo Malik – ele ainda é um menino.

– Não fique, sabemos como os adolescentes são protegidos em suas decisões aqui na Alemanha e ele não vai morar com o tio, a não ser que ele decida querer ir morar com a família do pai. Com o tempo, vamos conseguir estar com ele. Precisamos ter fé e aguardar o momento certo. Vai dar certo.

– Sacha, não tenho como agradecer.
– Não agradeça ainda, só depois que estivermos a salvo.
– Foi minha mãe quem pediu para que nos ajudasse?
– Ela pediu conselhos, e eu dei o meu coração para ela, para você e suas filhas – não faça de mim um bobo molenga, não poderia voltar atrás.
– O destino nos premiou.
– Então, tudo certo amanhã?
– Tudo.
– Coloque esse celular no bolso de dentro do seu casaco – assim terei como rastrear se algum imprevisto vier a ocorrer nesse ínterim. Use o seu para falar com Rute.

Roberta seguiu como combinado, pegou Celi com Astana na escola, e Rute, já à porta, se conteve – não podia olhar nos olhos da filha para não se traírem. Roberta foi ríspida com a mãe, não poderia ser diferente. Sentia-se observada, nervosa, com as mãos trêmulas, e abraçou Celi assim que a filha correu para seu colo, nem conseguia largar a filha. Astana chorou e Celi pediu para ver a irmã. Colocou Celi no chão ao lado do carrinho.

– Mãe, solta minha mão, quero abraçar minha irmã.
Roberta soltou a mão de Celi. Rute se abaixou.
– Não se preocupe, estou com ela.
– Fica longe de mim! – Falou Roberta para a mãe.
– Não vamos ter paz nunca?
– Você vem até a minha casa?
– Claro, eu prometi a Celi. – Pegou a neta e saiu na frente da filha.

A escola era perto do apartamento de Roberta. Ao entrarem, se olharam com pesar e se abraçaram, sem emitir um único som. Tinham subido as escadas em silêncio, comeram em silêncio, trocando afetos com as meninas. Roberta foi até a janela, olhou como se aguardasse alguém chegar. Ao longe, viu um homem passando apressado pela rua e ainda queria acreditar que tudo fosse um sonho. O homem seguiu em frente, entrou no prédio seguinte, em obras, e, logo atrás, veio um carro de polícia, que estacionou na frente do prédio em que o homem entrara. Em seguida, vieram com o homem algemado, ele olhou para cima, mas ela desviou o olhar. Fechou as janelas, sem contar o que tinha presenciado. Conversaram um pouco, se despediu da mãe, que desceu as escadas, fechou a porta com força, como se estivesse contrariada. Rute chegou em casa, fez tudo como de costume, mas dormiu aos pulos, acordou antes para ver o nascer de um novo momento em sua vida. Foi trabalhar como de costume e voltou cedo para casa, tomou um banho bem quente, se despediu de seus pertences e, sem pena, cheirou-os como um perfume do tempo que estivera em Berlim, colocou o necessário na mochila – tudo o que tinha acumulado ficaria para trás. Guardou somente um casaco que tinha trazido do Brasil. Deixou tudo, menos o pequeno urso berlinense, que comprou quando chegou, seu talismã. Lembrou da carta sobre a pianista, dobrou bem pequena e colocou no bolso do casacão. No celular uma mensagem de Sacha: "Fique bem!" Foi ao apartamento da filha. Hesitou ao ver as luzes acesas, pensou que talvez Itkul pudesse ter voltado. Roberta abriu a porta assim que viu a mãe. Celi já foi logo gritando por ela. Astana no carrinho, e Roberta usava um lenço na cabeça como as muçulmanas.

– Mamãe me disse que vamos sair para jantar. Você também vem com a gente. Desceram e acenaram para o táxi que passava. Jantaram no *Tapasbar*, no *KaDeWe*, conversaram, mas como era o comum, Roberta brigou com a mãe, que se manteve de cabeça baixa. Jantaram, desceram e chamaram o táxi que passava, Roberta passou o endereço do seu apartamento. O motorista usava um chapéu xadrez.

NO CANADÁ

Greg jantou com os Villaforte, Mariana fez charme para aquele que ela pensava se tratar de um rapaz como outro qualquer. Preparou um jantar de despedida com frutos do mar que todos adoraram. Greg fez algumas indagações, e Villaforte começou a desconfiar que Greg não era bem um rapaz simpático, mas o informante que Mirella havia alertado. Mudou o rumo do assunto para ornitologia. Dissertou sobre seus pássaros e seus habitats. Mariana não se conformava e fazia trejeitos para ver se o pai parava de falar. Foi impossível.

– Querem mais alguma coisa? Posso oferecer uma bebida, um café ou quem sabe um biscoito?

Villaforte não esmorecia, como bom professor sabia como conduzir uma aula. Greg se deu por vencido, se despediu de Mariana, dizendo que se encontrariam no aeroporto. Chamou Buck, que entrou na caminhonete com a cabeça para fora. Manobrou o carro devagar e saiu.

– Mariana, esse rapaz deve gostar de você. Ficar a noite toda ouvindo as minhas histórias de pássaros... A intenção dele é outra.

– Eu percebi que o que fez foi proposital.

– De forma nenhuma, a minha intenção é proteger minha família. Por acaso, não achou estranho que ele viesse aqui todos os dias e não tivesse ido caçar patos?

– Vai ver ele se fartou dos patos. Nunca foi caçador!

– Sozinho aqui neste lindo lugar?

– Papai tem razão, Mariana. Não quero te deixar decepcionada, mas...
– Inventaram tudo isso para me distrair, ele é bonito e simpático e acredito que começava a gostar da minha conversa.
– Fica para outro dia, viajamos cedo amanhã. Já fizeram as malas?
– Tudo pronto.
Sairiam de madrugada, o voo era cedo, e o professor prometera não atrasar. Entregariam o carro na concessionária.

242

A CASA

O motorista do táxi dirigia bem, mas fazia algumas manobras estranhas, virava em ruas vazias, não dizia nenhuma palavra. Roberta, bastante aflita, resolveu perguntar por que davam tantas voltas por Berlim.

– Para chegar ao nosso destino com segurança dos passageiros, um carro nos seguia, mas não segue mais. Chegaremos logo.

Entraram na rua do antiquário, deram a volta pelos fundos e, duas casas abaixo, ele parou, abriu o portão elétrico da garagem e entrou.

– Podem saltar, aqui é o lugar onde foi acertado. Sacha já vai abrir a porta. – Não demorou muito, ouviram o estalido do portão se abrindo.

– Boa noite, Ralf, já pode sair.

Sacha estava com Rose. As meninas nunca tinham estado com eles, houve um certo constrangimento. Sacha usava sua peculiar roupa com gola de pele e a barba havia crescido bastante nos últimos tempos.

Rute abraçou o amigo afetuosamente, estendeu a mão para Rose e se beijaram amigavelmente. As netas pareciam mais relaxadas.

– Estarei com vocês em pensamento. Mais tarde nos vemos. – Rose pegou o carro Mercedes-Benz preto estacionado do outro lado da rua um quarteirão acima.

Celi soltou a mão da mãe e se dirigiu a Sacha.

– Quem é você?

– Sou um amigo da sua avó e meu nome é Sacha, podemos ser amigos?

– O que viemos fazer aqui?

– Filha, não se assuste, mas viemos passar a noite na nova casa da vovó, ela queria que conhecessem onde vai morar, e o Sacha veio nos receber, porque ele gosta muito dela, e a Rose, você já me ouviu falar com ela, também é amiga da vovó.

– Se você diz, eu acredito, onde eu e minha irmã vamos dormir?

– Vamos conhecer a casa, amanhã teremos uma boa surpresa.

– Pode ser, vovó. Vamos dormir todas juntas? Só nós!

– Faremos isso. Combinado.

Visitaram a casa e, em cada lugar, tinha um mimo para as meninas. Celi se encantou com a sereia vestida de cor de rosa. Nunca tinha tido um brinquedo parecido. Agarrou a boneca feita de tricô.

– Posso dormir com ela, mamãe?

– Claro, ela é sua. Agora vamos dormir – amanhã é um novo dia. – Astana chorou pedindo mamadeira, Rute foi preparar, com ela agarrada em seus braços. Celi aceitou se vestir com a avó, mas não parava de admirar a cauda da boneca.

– Vovó, será que ela vai saber nadar para longe, quando meu padrasto vier nos buscar?

– Celi, fique tranquila. Ela é esperta e não vai a lugar nenhum se não quiser. Nós vamos juntas, está tudo bem. Aquiete seu coração e acredite no que sua mãe fala para você.

– Ok, vovó, vou acreditar. Estou com muito sono, posso dormir agora? – Seus olhos quase se fechavam, abraçou a boneca e dormiu.

Roberta colocou Astana no berço e saiu. Rute a esperava na saída do quarto e se abraçaram. Amanhã conversariam. Roberta entrou no quarto das meninas. Sacha chamou Rute.

– Quer conversar um pouco?

– Melhor amanhã, estou exausta e muito nervosa. Boa noite. – Deu um longo abraço em Sacha e agradeceu por ele fazer parte da sua vida.

Sacha passou a noite rezando, acabou cochilando por uma hora e, às sete, já estava acordado. Ralf o encontrou na cozinha, não tinha mais ninguém na casa, e deveriam sair depois do almoço. Ralf preparou o café das meninas. Fez bolo e chocolate quente. Rute foi a primeira a entrar na cozinha, eram quase oito e meia. Sacha apresentou o amigo e disse que poderiam confiar nele – eram irmãos de alma e coração.

Ralf tinha o cabelo pintado de preto e deixou a barba crescer para que Celi não o reconhecesse. Nem Rute deveria saber quem ele era. As meninas desceram em seguida e Sacha não conseguiu falar com Rute. As netas fizeram a alegria do dia que acabara de começar.

Roberta parecia contente e risonha quando o celular tocou em seu bolso. Tratava-se de um número desconhecido – entrou em pânico, já tinha visto aquele número no telefone de Itkul. Sabia que era do amigo que a tinha resgatado com os filhos naquele aeroporto quando quase foi presa. Deixou o telefone tocar, a ligação caiu e novamente tocou. Ralf saiu da sala, ligou para um amigo e pediu que ele rastreasse a ligação, deu o número, pegou o telefone e atendeu. Pois não? Fingiu que o telefone se encontrava fora de área, ficou assim um bom tempo para que seu amigo conseguisse alguma coisa. Quando perguntou com quem queria falar, desligaram o telefone. O amigo informou que não tinha conseguido rastrear, só saber que era dos arredores de Berlim.

As horas corriam. Sacha avisou que sairiam logo após o almoço e seria bom que se preparassem.

– Rute, enquanto as meninas se vestem, podemos conversar?

– Vou ver as netas e já volto. – Deixou as netas brincando com Roberta e os presentes que tinham recebido. Voltou para a sala e encontrou Sacha sentado de cabeça baixa.

– O que houve?

– Não sei se imagina o que irá acontecer daqui para frente. Fiz uma promessa a você e à Roberta, e os próximos meses serão muito difíceis.

– Como assim? Não me assuste.

– Suas netas e filha estarão seguras, tanto com você como comigo, mas precisarão aceitar condições adversas. Espero que estejam preparadas.

– Roberta sabe de seus planos? Explicou o que faremos? Eu não sei nada e esses últimos dias entreguei minha vida e a da minha família a você. Pensando bem, melhor eu não saber, posso estragar tudo. A ansiedade me mata e posso ferir seu coração.

– Jamais! Meu coração tem muitas cicatrizes e não será você que conseguirá essa proeza.

– Obrigada, Sacha, por tudo. Se não fosse sua competência e generosidade, nunca teríamos conseguido.

Ele assentiu com a cabeça e foi fazer o que deveria ser feito. Roberta fez o almoço com a ajuda de Ralf. As meninas riam. Roberta não esboçou nenhum sorriso, em seguida foi pegar suas coisas. Sairiam em meia hora. O telefone de Sacha tocou, ele atendeu e se encaminhou para o quarto. Fez sinal de que não ia demorar. Todos estavam à espera quando ele apareceu. A roupa já estava separada. Vestiu-se com esmero, admirando sua nova vida. Resolvera que só no aeroporto faria os últimos ajustes.

Ao chegarem, Sacha saltou rápido para pegar as malas, com Ralf logo atrás. Abraçaram-se demoradamente, havia uma caixa redonda, que ele entregou nas mãos de Sacha.

– Não se esqueça de sua família berlinense. – Acenou para as crianças, Roberta e Rute, entrou no carro e partiu.

Rute já estava com o seu passaporte e o da neta Celi. Ouviu chamarem o voo para São Paulo, agarrou na mão de Celi. Não questionou, nem conseguiu se despedir de Roberta ou Astana, encarou Sacha, e saiu rapidamente. Colocou Celi e as malas num carrinho para chegar pontualmente ao balcão da companhia brasileira. Pôde ver Sacha e Roberta caminhando em outra direção, e, dessa vez, Sacha usava um chapéu redondo e alto de pele, como os rabinos ortodoxos, dois cachos pendiam do chapéu. Não tinha notado antes, mas sua barba crescera enormemente, usava um sobretudo preto abaixo do joelho, o que lhe dava um ar imponente. Roberta, por sua vez, usava um lenço cobrindo os "longos cabelos castanhos" e um casaco longo marrom.

Roberta sabia o seu destino, suas mãos tremiam e Sacha ajudava a empurrar o carrinho de bebê. Sobre ele, estavam empilhados, uma sacola infantil, uma bolsa com lanche e mamadeiras para Astana. Sacha a chamou pelo seu novo nome, Esther, mas Roberta ainda não tinha assimilado. Chegou próximo a ela, pegou seu braço delicadamente e falou novamente seu nome.

– Esther, vamos fazer o *check-in*.
– Claro, estou pronta.

Sacha apresentou os passaportes: senhor e senhora Aaron Bauer.

– Desejam comida especial para o bebê? A solicitação para comida *kosher* já foi feita. Devo solicitar algo mais?
– Obrigado, estamos bem. Já podemos entrar?
– Sim, podem se dirigir ao portão de entrada. Vão precisar aguardar um pouco. O voo está meia hora atrasado.

Sacha colocou as pequenas malas na esteira, agradeceu, pegou os bilhetes, e segurou o carrinho de Sara, que dormia profundamente.

– Vamos, Esther.

Precisaram caminhar bastante, as esteiras rolantes ajudaram. Pouco antes de chegarem ao terminal, ouviram o chamado do voo para o Brasil.

Rute e Celi deviam estar partindo. Enquanto caminhavam, Sacha agradecia e dizia o quanto era grato a Roberta e a Astana. Dentro de um ou dois anos, eles estariam de volta ao Brasil – esse seria o tempo necessário para resolver todas as pendências. Malik, por sua vez, seria sempre um ponto de interrogação. Astana, agora Sara, havia acordado chorando.

– Deve estar com fome.

Começava o chamado para os passageiros embarcarem para Tel Aviv. Ouviram uma certa confusão do outro lado do portão. Viram um homem de cabeça raspada e barba, túnica branca, gritando que não embarcaria sozinho, sua mulher e sua filha estavam no aeroporto, ele sabia, gritava, encarando algumas mulheres sentadas no saguão.

– Eu sei que elas estão aqui!

Roberta percebeu que era Itkul, gritava em português o nome da filha e o dela. Esther escondeu o rosto sob o lenço, e foi ao banheiro se recompor, voltou de cabeça baixa para ficar próxima a Sacha, o rabino. E o homem continuava aos gritos e chamava por elas. Sacha na fila de passageiros percebeu quem era e temeu por Roberta e Astana. Ligou para Rose. Não demorou muito, os agentes da imigração chegaram para levar Itkul.

Rute, já embarcada com Celi ao lado, aguardava a partida do voo para São Paulo. Ouviu seu nome e o pedido que comparecesse à cabine do comandante. Recebeu das mãos do comandante uma carta endereçada a ela.

– Desculpe o transtorno, mas precisava ser entregue pessoalmente.

A primeira coisa que fez foi ver quem havia escrito – assinada por Rose, seu coração desacelerou. Foi caminhando até Celi, e a aeromoça sorria com a conversa animada da neta. Agradeceu e sentou-se lendo a carta, que não era só uma despedida, mas uma carta informativa. Abriu o restante dos papéis: eram cópias do passaporte de Sacha, Roberta e Astana, com nomes mudados, e seguiam como marido, mulher e filha. A vida havia dado uma nova chance, Sacha estaria para sempre em seu coração, e, aos poucos, seus olhos foram se fechando, só acordou quando avisaram que chegariam em uma hora em São Paulo. Celi acordou, falando que tinha tido um sonho com o motorista.

– Vovó, eu já conhecia aquele motorista, só que ele era louro – conheci a voz dele, era a mesma do que estava comigo na casa quando fui passear.

– Querida, não vamos mais pensar nisso. Se ele for amigo de Sacha, é uma boa pessoa. Melhor pentear o cabelo, daqui a pouco chegaremos a São Paulo.

– Pensei que estávamos indo para o Rio de Janeiro, onde você mora.

– Ainda não, vamos ter de fazer escala antes.

Enquanto se preparavam para aterrissar, lembrou-se de Rose e de como ela tinha sido eficiente. Sabia que ela também trabalhava na embaixada, com Mirella, mas nunca conseguiu descobrir qual era o trabalho que ela desempenhava. Assim que chegasse, escreveria uma carta de agradecimento.

CHEGADA

Villaforte e os filhos, a bordo do avião particular do amigo, desceriam em Viracopos e deveriam se deslocar para Guarulhos. Mirella já os aguardava.

– Olá, como foi a viagem? Não quero apressar ninguém, mas temos pouco tempo. O avião deve estar pousando em uma hora – e é esse o tempo que levaremos daqui a Guarulhos, já que o trânsito é pesado nesse horário.

Acomodaram-se na van que Mirella organizou. Ela entregou um arranjo de rosas vermelhas para Villaforte, que agradeceu de bom grado. Os filhos ficaram silenciosos.

– Nada vai mudar daqui para frente, tenho certeza de que também estão felizes com a chegada da mamãe.

– Qual mãe? A que nos abandonou?

– Por favor, Mariana, já contei e expliquei várias vezes o que aconteceu. Por favor, façam o melhor que conseguirem.

Chegaram a tempo. Villaforte, aflito, não conseguia esconder a emoção, Diogo não parava de rir, Mariana continuava emburrada. Ao longe, avistaram Rute de mãos dadas com Celi, que, curiosa, não parava de perguntar quando iriam encontrar seus tios. Tinham passado pela polícia com muito receio. Sacha fez o que prometera. Celi era órfã de pai e mãe, os advogados conseguiram na justiça que ela fosse adotada pela avó brasileira. Rute pegou as malas e saiu correndo, e Celi, sentada no carrinho das malas, se divertia. Quem primeiro correu para abraçar

Rute foi Diogo, que agarrou a mãe, como se ela fosse só dele – beijaram-se e se abraçaram, transbordantes de carinho. Villaforte esperou sua vez, com as rosas à frente, Rute cheirou cada uma, deu um longo e amoroso abraço no marido. Mariana continuava emburrada. Rute chegou perto da filha, abriu os braços e deu um largo sorriso.

– Mariana, você entendeu por que tive de viajar para Alemanha?

A filha caiu em prantos, agarrou a mãe, com arrependimento e aceitação.

– Vovó, esqueceu de mim?

– De forma nenhuma, minha queridinha, venha aqui, precisamos de um apertado abraço todos juntos.

Abraçados, pegaram a van que os esperava para voltarem a Viracopos e seguirem viagem para o Rio de Janeiro.

* * * * *

Ao entrar na van, Rute percebeu que a carta, que recebeu de Rose, continuava aberta em sua bolsa. Dobrou os papéis para colocar no envelope, achou mais um papel dobrado. Era Sacha, contando como tinha planejado aquela partida e que tinha dado um fim em sua busca por criminosos de guerra, que cumpriu seu último desejo, seu último trunfo, ao vender um ovo do famoso joalheiro russo Fabergé, em Londres, com ajuda de seus amigos antiquários. Conseguira uma enorme quantia em euros. Depositara parte desse dinheiro em uma conta para ela, e, assim que ele falecesse, teriam direito a todos os seus pertences – neles estavam incluídos os quadros do antiquário, o livro sobre o seu passado e a casa de *Freiburg*. Contou que Ralf e a família moravam na propriedade e poderiam ficar ali até o fim de seus dias. Agradecia de coração pelo respeito que Ralf devotava ao amigo e seus familiares. A mesa estaria na sala de jantar, de onde nunca deveria ter saído, e, sobre ela, um arranjo de rosas vermelhas, as preferidas de sua mãe.

NOTA

Há muitos anos tenho pensado em escrever este livro, com muitas histórias numa só. Foi difícil decidir por qual delas começar.

Os personagens transitam pelo meu universo desde menina, com referências, reconhecimentos, semblantes ou uma simples constatação do olhar. Muitas vezes, não compreendi quem seriam aquelas pessoas que moviam o desejo de escrever. Escrever histórias vivas sobre meu universo onírico, viajar por rios de gente, seguindo o fluxo constante das minhas águas.

Muitos deles nasceram, nem sei como, e acabaram se tornando reais. Passaram a fazer parte da minha vida, suprindo a necessidade de contato com o mundo externo. Tão ricos em seu desenrolar, materializaram-se sozinhos, inicialmente sem propósito, aos poucos foram sendo construídos. Foi então que percebi que faziam parte de um todo, da memória subjetiva, dos arquétipos, do inconsciente coletivo, por causa das reminiscências familiares ou da genealogia da imigração. Todos se encontraram nesse mundo inconsciente das memórias ou pelo vazio tão extenso que deixa a sensação de que talvez não estejamos sozinhos no mundo, a despeito do que somos ou do que almejamos ser, em detrimento do que é o bem, ou do que é o mal.

Como num canto uníssono, seremos todos devorados pela terra, para nascermos novamente no seio dessa mesma Mãe Terra, que, um dia, deu vida a nossa alma imortal.

Os personagens e as situações desta obra são reais apenas no universo da ficção; não se referem a pessoas e fatos e não emitem opinião sobre eles.

Este livro foi impresso no inverno de 2024.